Début d'une série de documents
en couleur

FORTUNÉ DU BOISGOBEY

DOUBLE-BLANC

TOME SECOND

PARIS

LIBRAIRIE PLON

E. PLON, NOURRIT et Cie, IMPRIMEURS-ÉDITEURS

RUE GARANCIÈRE, 10

Fin d'une série de documents
en couleur

DOUBLE-BLANC

PARIS. TYP. DE E. PLON, NOURRIT ET Cᵈ, RUE GARANCIÈRE, 8.

FORTUNÉ DU BOISGOBEY

DOUBLE-BLANC

TOME SECOND

PARIS

LIBRAIRIE PLON

E. PLON, NOURRIT et Cie, IMPRIMEURS-ÉDITEURS

RUE GARANCIÈRE, 10

DOUBLE-BLANC

I

Hervé de Scaër venait de brûler ses vaisseaux. Son mariage était irrévocablement rompu et la guerre allait commencer. Mlle de Bernage ne pouvait pas manquer de passer à l'ennemi, et Hervé ne pouvait pas mieux faire que de suivre le conseil donné par la marquise : chercher des preuves avant d'agir, et d'abord savoir ce qu'était devenu Alain.

Hervé n'espérait pas le revoir vivant, mais on retrouverait sans doute les corps des deux victimes et il ne voulait pas qu'on les jetât à la fosse commune.

Il ne perdit pas un instant pour se transporter rue de la Huchette. C'était là seulement qu'il pouvait avoir des nouvelles, et s'il n'y ava''

couru dès le matin, c'est qu'il pensait que la
maison brûlait encore et qu'on ne le laisserait
pas approcher.

Il y serait arrivé trop tôt. Il y arriva trop tard.
La nuit tombait et la police avait barré les rues.

L'incendie était éteint, mais les ruines fu-
maient encore, on redoutait des écroulements,
et, par mesure de prudence, on tenait les curieux
à distance.

Force fut à Hervé de remettre l'enquête au
lendemain.

Il revint chez lui et, pour se préparer à entrer
en campagne, il se mit à étudier de plus belle les
indications du carnet qui l'avait mis sur la voie.

Elles lui semblaient un peu moins énigmati-
ques depuis les derniers événements. Ainsi, il ne
doutait plus que la lettre qu'il y avait trouvée
eût été écrite à M. de Bernage par son ancien
complice, lequel devait être ce Berry, signalé par
Mᵐᵉ de Mazatlan, et tout indiquait qu'après avoir
essayé du chantage, le coquin avait fait sa paix
avec le père de Solange. Il était reçu maintenant
à l'hôtel du boulevard Malesherbes. Donc, ces
deux hommes s'étaient mis d'accord.

Mais à quoi se rapportaient les signes qui couvraient deux pages de l'agenda ? Sur la première
de ces pages, figurait évidemment le plan de la
maison où Alain et sa femme avaient logé. Seulement cette maison se composait de quatre corps

de logis. Dans lequel des quatre se trouvait la chambre dont on avait, sur un des feuillets, dessiné le croquis, marqué à un certain endroit d'une croix tracée au crayon rouge? Et à quel étage? Impossible de le deviner.

Et l'autre dessin, qui représentait un jardin planté d'arbres où l'on voyait aussi une croix rouge, à quoi se rapportait-il? Le quadrilatère de la rue de la Huchette n'avait pas et n'avait jamais eu de jardin.

La légende qui accompagnait le dessin n'éclaircissait pas la question.

Il fallait en revenir à chercher cette mystérieuse gérante qui se faisait adresser ses lettres à Clamart, et il était douteux qu'on la trouvât si Alain et Zina n'étaient plus de ce monde, car eux seuls l'avaient vue; eux seuls auraient pu la reconnaître.

Hervé pâlit, deux heures durant, sur ces problèmes et, n'en trouvant point la solution, il s'en alla dîner à son cercle où il tomba sur l'inévitable Pibrac qui ne manqua pas de l'accaparer.

A table, Pibrac prit place à côté de lui et ne lui fit grâce ni d'une question, ni d'un récit : questions indiscrètes sur la blonde de l'avant-scène; récits interminables des incidents d'une partie de baccarat où il avait gagné de quoi se consoler des infidélités de Margot.

Le tout agrémenté de lardons à l'adresse de

Bernage et de l'étranger que Bernage avait introduit dans les coulisses du Châtelet et qu'il allait prochainement présenter au Cercle.

Pibrac s'était déjà renseigné sur son rival. Il savait que cet étranger arrivait du Canada et s'appelait M. Ricœur de Montréal. Pibrac se proposait de le blackbouler et de jouer de mauvais tours à Bernage, toutes les fois qu'il en trouverait l'occasion.

Il risqua bien aussi quelques allusions au mariage rompu, mais Hervé y coupa court en lui déclarant que ce sujet de conversation lui était souverainement désagréable. Pibrac se le tint pour dit et, après le diner, comme il venait de passer trois ou quatre nuits blanches, il s'assoupit dans un fauteuil.

Hervé, délivré de son agaçante compagnie, put lire tranquillement les journaux qui racontaient le grand incendie de la rue de la Huchette.

Il n'y trouva rien qu'il ne sût déjà.

Tous disaient que la maison était inhabitée. Quelques-uns ajoutaient que cependant il y avait eu des victimes. Ils ne les désignaient pas. Pas un ne parlait du propriétaire de l'immeuble, lequel, affirmaient-ils, n'était pas assuré.

Ce dernier renseignement était à noter, s'il était exact, et Hervé en conclut que ce propriétaire négligent pourrait bien être Georges Nesbitt, qui n'habitait plus Paris depuis dix ans.

L'ensemble de ces nouvelles laissait quelque espérance. On ne citait pas de morts. On doutait même qu'il y en eût.

Malheureusement, Alain n'avait pas reparu, et il était fort difficile de croire qu'il eût attendu vingt-quatre heures pour se montrer, s'il était vivant.

Las de se casser la tête sur des énigmes, Hervé remit les éclaircissements au lendemain et regagna l'hôtel du Rhin.

Personne n'était venu l'y demander et aucune lettre n'y était arrivée à son adresse. Les chances de revoir Alain diminuaient de plus en plus.

Hervé se mit au lit. A l'âge qu'il avait, le sommeil ne perd jamais ses droits, et, en dépit de ses préoccupations et des inquiétudes du lendemain, il dormit aussi bien que dormit le grand Condé, la veille de la bataille de Rocroy.

Il dormit même si tard qu'il ne se leva qu'à dix heures passées pour entreprendre le voyage de la rue de la Huchette.

Cette fois, il y alla à pied, en fumant son cigare. Rien ne le pressait et il n'était pas fâché de se donner le temps de réfléchir à la meilleure façon de procéder pour recueillir des informations utiles.

Il ne comptait pas beaucoup sur l'obligeance des représentants de l'autorité. La veille, pendant l'incendie, il s'était adressé à un officier de

paix qui l'avait à peine écouté et qui s'était refusé
à donner des ordres pour qu'on tentât de sauver
Alain. Il ne s'agissait plus de le tirer des flammes,
puisque, qu'il fût mort ou vivant, son sort était
décidé. Restait à savoir ce qu'il était devenu et,
pour le savoir, il fallait explorer les ruines de
l'édifice incendié, ce qui ne pouvait se faire qu'a-
vec la permission des chefs chargés de diriger
les travaux de déblaiement.

L'accorderaient-ils ? C'était douteux, mais il
n'en coûtait rien d'essayer de l'obtenir. S'ils la
refusaient, Hervé aurait encore la ressource de
se renseigner auprès des locataires des maisons
voisines qui s'étaient trouvés aux premières
loges pour assister au désastre.

Arrivé au pont Saint-Michel, Hervé vit que
tout était rentré dans l'ordre. On avait mis le
temps à profit. La circulation était rétablie et le
quartier avait presque repris son aspect accoutumé.

Il y avait encore de nombreux flâneurs, atti-
rés par la curiosité, mais l'encombrement avait
cessé et il était facile de faire le tour du quadrilatère dont il ne restait plus que des ruines.

Hervé prit par le quai. Les fiacres et les omnibus y passaient sur une voie laissée libre entre
le parapet et une palissade qu'on finissait de
planter à quelques pas du bâtiment brûlé.

Cette palissade barrait l'entrée des deux ruel-

les *Zacharie* et du *Chat-qui-Pêche*, mais elle n'empêchait pas de voir les trois corps de logis, placés en équerre.

Ils étaient restés debout ou, s'ils s'étaient
écroulés en partie, c'était du côté de la cour intérieure. Seulement, les rares fenêtres percées
dans les trois façades n'étaient plus que des ou-
vertures béantes au travers desquelles on apercevait le jour.

Le toit et les planchers avaient dû s'effondrer
les uns sur les autres et former des amoncelle-
ments de débris.

Probablement, le bâtiment qui bordait la rue
de la Huchette n'avait pas eu meilleure fortune,
et il y avait bien peu de chances pour que ceux
qui l'habitaient eussent survécu à la catastrophe.

Encore fallait-il visiter ce côté de l'édifice pour
savoir à quoi s'en tenir.

Hervé poussa jusqu'au quai Montebello et descendit par la rue du Petit-Pont qui sépare la rue
de la Huchette de la rue de la Bûcherie.

Partout, le feu était complètement éteint. On
ne voyait pas plus de fumée que de pompiers, et
il ne paraissait pas qu'on travaillât à déblayer.
Il n'y avait que des sergents de ville montant
la garde le long des murs calcinés.

En traversant les groupes, Hervé n'entendit
aucun propos qui pût l'intéresser. Les badauds se
demandaient entre eux comment le feu avait pris

et pas un ne pouvait le dire. D'autres accusaient, comme toujours, l'incurie de l'administration et la négligence de la police qui aurait dû imposer des réparations au propriétaire. On ne parlait pas d'accidents de personnes.

C'était presque rassurant, car rien ne se répand si vite que la nouvelle d'un malheur. Mais on n'avait pas encore fouillé les décombres et il faut beaucoup de jours pour découvrir tous les cadavres des victimes d'un grand incendie.

On l'a bien vu, l'année dernière, quand l'Opéra-Comique a brûlé.

Hervé cherchait des renseignements plus positifs et, pour s'en procurer, il s'engagea dans la rue de la Huchette.

Elle n'est pas large cette vieille rue du vieux Paris, et la clôture en planches qu'on venait d'y élever la rétrécissait encore.

Hervé fut obligé de raser de près les maisons du côté gauche et il ne tarda pas à s'apercevoir qu'on empêchait les passants de s'arrêter, tandis qu'on le leur permettait sur le quai où il y avait de la place.

Cette interdiction dérangeait ses projets, car il ne pouvait pas s'informer en marchant. Il pouvait du moins regarder et il n'y manqua pas.

La façade de ce côté avait plus souffert que les trois autres.

Le feu avait dévoré les boutiques du rez-de-chaussée et il ne restait plus de vestiges de la porte bâtarde que l'infortuné gars aux biques avait enfoncée pour courir à la mort.

En levant les yeux, Hervé vit que la fenêtre du cinquième étage où Zina s'était montrée un instant avait disparu.

Il n'était plus possible d'espérer que la pauvre malade eût survécu à la catastrophe, et si Alain était arrivé jusqu'à elle, il avait dû périr aussi, brûlé ou écrasé.

Hervé n'était pas à même de chercher immédiatement une certitude. On ne lui aurait pas permis de pénétrer, ce jour-là, dans l'enceinte palissadée et encore moins de chercher des morts parmi les ruines. Mais il s'arrêta pour examiner l'extérieur de la maison.

Il y avait là, juste en face, une boutique de modeste apparence qui pouvait bien être celle d'une crèmerie. La porte vitrée était ouverte et une femme en tablier blanc se tenait sur le seuil, attendant la pratique.

Cette femme, qui n'était plus jeune, avait une figure avenante.

Hervé eut l'idée d'engager avec elle une conversation dont il pourrait peut-être tirer profit et elle ne se fit pas prier pour lui répondre. Elle se mit même à lui raconter sa propre histoire qu'il ne lui demandait pas.

Elle tenait cette boutique depuis douze ans et

II. 1.

elle n'y faisait pas de brillantes affaires. Le quartier était si pauvre et le pain si cher. Il ne manquait plus que cet incendie pour lui faire du tort. Maintenant, les passants éviteraient la rue de la Huchette, tant que dureraient les travaux de déblaiement, et les habitués de son établissement finiraient par en oublier le chemin.

« Circulez, Messieurs, circulez! » Cet avertissement donné par un sergent de ville ne décida point Hervé à cesser d'interroger une personne qui habitait là depuis si longtemps, mais comme on ne l'aurait pas laissé stationner sur le trottoir, il prit le parti d'entrer.

—Monsieur désire déjeuner? demanda la crémière.

C'était décidément une crèmerie.

La proposition souriait peu à Hervé de Scaër, qui n'aimait pas la mauvaise cuisine, mais c'était le meilleur moyen de tirer quelque chose de cette ancienne habitante du quartier.

L'établissement d'ailleurs n'était pas une gargote à prix fixe. On n'y vendait ni viande de rebut, ni légumes moisis, ni poisson avarié.

— Je prendrai une tasse de café au lait, dit modestement Hervé.

— J'en ai d'excellent et des œufs tout frais.

Les œufs, c'était une invite, et Hervé y répondit en les demandant à la coque.

La salle était toute petite et le fourneau était

au fond. On pouvait causer pendant que les œufs cuisaient et que le café chauffait. Hervé y comptait et il tenait à profiter du moment où personne ne pouvait entendre la conversation.

— Monsieur n'est pas accoutumé à manger à la crèmerie, ça se voit, commença la femme. Mais je réponds que Monsieur sera content. J'ai servi dans de bonnes maisons avant de tenir boutique et je me flatte de ne donner que des consommations de premier choix. C'est même pour ça que je n'ai pas fait fortune. Si j'avais voulu empoisonner mes clients avec du mauvais lait et du mauvais beurre, j'aurais mis de l'argent de côté, depuis douze ans que je travaille.

Mon pauvre mari, qui était cocher chez un sénateur, est mort à la fin de 51. Avec les petites rentes qu'il m'a laissées, je me suis établie ici, au commencement de 58. Nous sommes en 70. Comptez ! ça fait bien douze ans sonnés. Mais j'ai encore bon pied, bon œil, et je ne pense pas à me retirer.

— Vous avez dû en voir passer, des pratiques !

— Plus de mauvaises que de bonnes, mais j'ai gagné ma vie tout de même.

— Et vous avez dû connaître bien des gens dans le quartier.

— Ah ! je vous crois !... je pourrais vous raconter l'histoire de toutes les maisons, en commençant par celle qui vient de brûler.

— J'ai entendu tout à l'heure des gens qui disaient qu'il n'y demeurait personne.

— Quand j'ai pris ma crèmerie, elle était habitée du haut en bas. Toutes les boutiques étaient louées. Mais, en 60, on l'a vendue, et le nouveau propriétaire a donné congé à tout le monde.

— Quelle drôle d'idée!... Comment s'appelait-il ? demanda Hervé, en tâchant de prendre un air indifférent.

— Ah! ma foi! je n'ai jamais su son nom... ou si je l'ai su, je l'ai oublié. Tout ce que je peux vous dire, c'est que c'était un fier original. Figurez-vous qu'il a acheté du même coup trois autres maisons qui touchaient celle-là... une sur le quai, une sur la rue Zacharie et une sur la rue du Chat-qui-Pêche. Tout le pâté, quoi ! Et ça lui a coûté bon....pas les bâtisses... elles ne valaient pas grand'chose... mais il a indemnisé les locataires qui avaient des baux, pour qu'ils déguerpissent tout de suite.

— Il était donc bien riche ?

— Faut croire... paraît qu'il était dans le commerce et qu'il gagnait de l'argent gros comme lui.

— Et que voulait-il faire de ces vieilles maisons?

— On disait qu'il voulait y établir un grand bazar, dans le genre de la *Belle Jardinière*. Ce n'est pas sûr, car on a commencé par démolir en dedans les murs de séparation des quatre cours.

— Pour en faire un jardin.

— Peut-être bien. Il est venu des architectes qui ont tiré des plans. Le bruit courait dans le quartier qu'on allait jeter bas les quatre baraques et bâtir un château à la place... Un château dans la rue de la Huchette, je vous demande un peu!...

— Et, en définitive, on n'a rien bâti ?

— Rien du tout. Probablement, le richard a changé d'idée tout d'un coup. On n'a plus vu personne et c'est resté comme ça.

— Pendant dix ans !

— A peu près. Toutes les portes et toutes les fenêtres fermées. Il n'y avait plus que des rats. Des fois, les gamins y entraient par un soupirail, du côté de la rue du Chat-qui-Pêche, mais pas souvent, parce qu'ils avaient peur d'y voir des revenants. Il ne manquait pas de gens qui disaient qu'on avait assassiné quelqu'un là-dedans... et d'autres qui prétendaient qu'on y faisait de la fausse monnaie. Tout ça, c'est des bêtises, vu que si c'était vrai, la police y aurait fourré son nez. Moi, j'ai toujours cru que le propriétaire était en voyage. Ça ne l'empêchait pas de payer tous les ans ses impositions. C'est un des employés du percepteur qui me l'a dit... un employé qui venait manger ici dans le temps.

Hervé nota ce renseignement et se promit de demander au bureau de perception le nom de ce contribuable si exact à s'acquitter, quoique absent.

— Voici les œufs, dit la crémière en les servant; pondus de ce matin... goûtez-moi ça, Monsieur.

Le seigneur de Scaër avait pris place à une petite table, dans un coin où les passants de la rue ne pouvaient pas le voir. Il n'était certes pas entré pour apprécier la fraîcheur des œufs de l'établissement, mais il n'eut aucune peine à jouer son rôle de déjeuneur, car la marche matinale qu'il venait de faire lui avait donné de l'appétit.

Il se trouva du reste que les œufs étaient excellents et il s'empressa d'en faire compliment à la patronne.

Elle venait de lui fournir, par-dessus le marché, des indications précieuses, et il espérait en obtenir bien d'autres; mais il comprenait qu'il ne fallait pas aller trop vite. Les petites gens, à Paris, voient des policiers partout, et il ne voulait pas que cette brave femme le prît pour un agent déguisé.

Pour le moment, elle n'y songeait pas, car elle avait l'air d'être flattée de servir un monsieur mieux habillé et plus poli que ses pratiques ordinaires.

Hervé fit ce qu'il put pour confirmer la bonne opinion qu'elle avait conçue de lui. Il la pria de s'asseoir en vis-à-vis et, laissant là l'histoire de la maison brûlée, il lui demanda aimablement des détails sur sa vie d'autrefois et sur l'état présent de ses affaires.

C'était assurément le meilleur moyen de s'ancrer dans les bonnes grâces de la dame, et comme elle était bavarde, elle ne se fit pas prier pour lui en raconter plus qu'il n'aurait voulu.

Elle avait nom Clarisse. Son défunt mari s'appelait Martin. Elle n'avait pas d'enfants et elle aurait trouvé à se marier, puisqu'elle possédait de petites rentes, mais elle tenait à son indépendance et elle aimait son état.

Bref, c'était une brave femme, et Hervé vit tout de suite qu'elle pourrait lui être très utile, plus tard. Mais tout en l'écoutant, il se disait qu'il n'avait pas de temps à perdre pour revenir au sujet qui l'intéressait. Un consommateur pouvait se présenter d'un instant à l'autre, et alors adieu les renseignements!

Or, ceux que la mère Clarisse venait de lui donner si libéralement se rapportaient tous au propriétaire anonyme de la maison mystérieuse, et Hervé tenait à savoir ce qu'il était advenu des locataires de passage qui l'habitaient encore quand le feu y avait pris.

Sur ce propriétaire, son opinion était faite. Il pensait que la marquise ne s'était pas trompée en supposant que Georges Nesbitt avait acheté la

maison pour y loger sa belle-sœur et sa nièce.
Peu de temps après, il s'était embarqué pour
Shang-Haï et il ne paraissait pas qu'il en fût revenu. Par qui les contributions avaient-elles
été payées depuis son départ ? La crémière n'en
savait rien, mais on pourrait le savoir.

Il était plus intéressant et plus urgent d'être
fixé sur le sort d'Alain, et Hervé cherchait une
transition pour s'en informer sans effaroucher la
mère Clarisse. Elle la lui fournit en disant tout à
coup :

— Je ne crois pas aux cancans du quartier,
mais tout de même, c'est louche ce qui s'est
passé là-dedans. Depuis six mois, il y avait du
monde au cinquième... des drôles de locataires !...
une femme qui se mettait quelquefois à la fenêtre, mais qui ne sortait jamais, et un homme qui
ne sortait que le soir... Je ne pourrais pas vous
dire de quoi ils vivaient... ils ne m'ont jamais
acheté seulement pour un sou de lait... Ils étaient
venus là on ne sait pas comment et ils sont partis comme ils étaient venus...

— Partis ! s'écria Scaër, très ému. Vous dites
qu'ils sont partis ?... Est-ce qu'ils n'étaient plus là
quand le feu a pris ?

— Mais si !... mais si !... et j'ai dans l'idée que
c'est eux qui l'ont mis...

— Eux !... et pourquoi ?

— Vous m'en demandez trop long... une ma-

nière de payer leur terme peut-être bien. D'abord,
l'homme marquait très mal. Je n'ai jamais connu
la femme, mais je suis sûre qu'elle ne valait pas
mieux que lui.

— Ce n'est pas une raison pour qu'ils aient
incendié la maison, au risque d'y être rôtis.

— Pas si bêtes !... ils avaient pris leurs précautions et ils ont sauvé leur peau. Moi qui
vous parle, j'ai vu l'homme décamper, hier matin, au petit jour... ça brûlait encore, et les
pompiers n'ont pas fait attention à lui.

— Et la femme ?

— Elle avait probablement filé d'un autre côté...
mais lui, il a dû écoper... Il avait de la peine à se
traîner et il devait avoir quelque chose de cassé,
car il n'est pas allé bien loin. Au coin de la rue
du Petit-Pont, il est tombé ; on l'a ramassé et on
l'a emporté sur une civière.

— On l'a emporté... où ?

— A l'hôpital, parbleu !... l'Hôtel-Dieu n'est
pas loin.

— Et vous ne vous êtes pas informée de lui ?

— Ma foi ! non. J'avais autre chose à faire...
et d'abord, je ne pouvais pas sortir. Toute la
journée d'hier, j'ai été bloquée dans ma boutique.
La rue était pleine de sergents de ville et de mouchards en bourgeois. Ils ne laissaient passer
personne. Ce n'est que depuis ce matin qu'on
circule et ça ne m'a pas encore beaucoup pro-

fité, car c'est vous qui m'étrennez aujourd'hui.

— Incendiaire!... murmura Hervé en hochant la tête! diable! c'est grave... et si vous aviez des preuves...

— J'en aurais que je n'irais pas les montrer au commissaire de police, vu que ça ne me regarde pas. C'est son affaire à lui de trouver les criminels... et il va les chercher, pour sûr, car c'est bien clair que le feu n'a pas pris tout seul. J'étais là quand il a commencé, et un quart d'heure après les quatre maisons flambaient comme un paquet d'allumettes. Ça n'est pas naturel.

—Certainement, non ... mais l'homme que vous soupçonnez n'y est peut-être pour rien... A quoi ressemble-t-il ?

— Vous voudriez avoir son signalement? demanda la crémière d'un air méfiant.

— Oh! je n'y tiens pas autrement, s'empressa de répondre Hervé, qui devinait ce qu'elle pensait de lui.

— Eh bien! tant mieux, car je serais bien embarrassée de vous le donner... Dame! vous comprenez... je n'ai jamais vu ce bonhomme-là en plein jour... ça fait que ce n'est pas ici qu'il faut vous adresser... Je n'en suis pas, moi.

— De quoi n'êtes-vous pas ?

— Bon! Vous m'entendez bien, dit la mère Clarisse en se levant brusquement. C'est dix-sept sous pour les œufs et le café au lait.

Ce que craignait Hervé arrivait. La brave femme prenait le dernier des Scaër pour un agent de la Sûreté.

Cette erreur le contrariait très fort, car il sentait qu'il n'obtiendrait plus le moindre renseignement.

Peut-être aurait-il essayé de la détromper sur son compte, mais deux messieurs entrèrent pour déjeuner.

Il fallut payer et partir.

Il eût été maladroit d'insister, surtout en présence des deux consommateurs nouveaux venus qui ne paraissaient pas appartenir à ce qu'on appelait déjà les classes dirigeantes.

Ces gens n'auraient pas manqué de le prendre, eux aussi, pour un policier, et la crèmière qui devait avoir, comme on dit, la tête près du bonnet, était très capable de faire un esclandre.

Hervé, intéressé à ne pas se brouiller avec elle, se réservait de revenir la voir et il espérait la trouver mieux disposée.

Il s'en alla donc après l'avoir payée et complimentée sur l'excellence du déjeuner qu'elle venait de lui servir.

La conversation avait tourné court et l'entretien avait mal fini, mais Hervé n'avait pas tout à fait perdu son temps.

Il ne doutait plus maintenant que la maison eût appartenu à l'oncle d'Héva et il était presque

sûr que, depuis la disparition de Georges Nesbitt,
M. de Bernage usait et abusait de la propriété de
son ancien associé. Mais ce n'était là qu'une pro-
babilité.

Les preuves positives restaient à trouver.

Et en ce qui concernait le sort d'Alain, les informations que Scaër venait de recueillir n'avaient
fait qu'augmenter, sinon ses inquiétudes, du
moins ses perplexités.

Évidemment, la bonne Clarisse déraisonnait
en accusant les derniers locataires d'avoir mis le
feu. Mentait-elle, quand elle affirmait avoir vu
Alain sortir, le matin, de la maison incendiée ?
S'était-elle trompée ? Avait-elle rêvé ce qu'elle
racontait d'un homme tombé au bout de la rue
la Huchette et emporté sur une civière ? Très probablement non, mais elle avait bien pu prendre
un blessé quelconque pour ce locataire qu'elle
disait n'avoir jamais vu en plein jour.

Comment s'assurer que tous les propos qu'elle
avait tenus n'étaient pas des propos en l'air ? Le
seigneur de Scaër n'en avait pas la moindre
idée.

Pibrac, à sa place, eût été beaucoup moins
embarrassé. Les vieux Parisiens sont débrouil-
lards, et, dans des cas analogues, ils savent
toujours à quelle porte frapper.

Scaër n'avait vécu à Paris que de la vie mon-
daine qui n'a rien de commun avec la vie sociale,

c'est-à-dire la vie d'affaires. Les siennes étaient au fond de la Bretagne. A l'hôtel du Rhin, il campait, et depuis qu'il avait quitté Trégunc, il n'avait jamais rien eu à démêler avec un fonctionnaire public, commissaire, receveur ou autre. C'est tout au plus s'il lui était arrivé d'acheter du papier timbré dans un bureau de tabac, au temps où il achevait de se ruiner en signant des billets à des usuriers.

Aussi ne savait-il à qui s'adresser pour connaître positivement le nom du propriétaire de la maison brûlée.

Là-bas, dans son pays, il serait allé chez le percepteur de Concarneau, qui se serait fait un plaisir de lui montrer le rôle de la contribution foncière, de même que le commissaire de police de l'endroit se serait mis à sa disposition pour chercher un de ses fermiers qui aurait disparu.

Mais Hervé n'était pas à Concarneau ; il était rue de la Huchette et il n'espérait guère, ce jour-là, retrouver la trace d'Alain Kernoul. Du moins, pouvait-il s'informer de l'adresse du percepteur du quartier.

Il se décida à la demander chez un marchand de vins de la rue de la Bûcherie, et ce patenté lui indiqua le domicile de l'agent du fisc.

C'était à deux pas, rue du Fouarre. Le bureau devait être ouvert et Hervé allait être promptement fixé.

Il fut un peu surpris de voir qu'il fallait entrer par une allée noire, dans une maison de mauvaise apparence.

A Concarneau, les moindres receveurs étaient mieux logés.

Hervé pensait avoir affaire à un homme bien élevé et il se proposait de lui demander poliment, mais sans préambule explicatif, le renseignement dont il avait besoin.

Il se le figurait déjà trônant sur un fauteuil de cuir, derrière un bureau en acajou. Il fallut en rabattre.

L'allée aboutissait à une salle basse, mal éclairée et malpropre, où une douzaine de contribuables des deux sexes faisaient queue pour passer successivement devant un guichet.

Les gens riches ne viennent guère eux-mêmes apporter leur argent à l'État. Il n'y avait là que des bonnes, des domestiques et de tout petits bourgeois.

— Le cabinet de M. le receveur des finances ? demanda Hervé à un homme, en tricot de laine, qui lui répondit :

— Connais pas... adressez-vous à l'employé.

Hervé tenait à son information, et ce n'était pas le moment de se prendre de querelle avec un manant. Il se mit à la file et, arrivé à son tour devant un commis courbé sur un gros registre, il lui fit la même question.

— Le receveur n'est pas ici, dit le commis sans lever la tête. Qu'est-ce que vous lui voulez ?

— Je voudrais savoir à qui appartient une maison située au coin de la rue Zacharie et de la rue de...

— Ce n'est pas ici une agence de renseignements.

—Pardon !... je...

— Ni un bureau de police, entendez-vous !... Passez à la Préfecture... rue de Jérusalem... par le quai des Orfèvres.

Allons !... à un autre !

Scaër aurait volontiers infligé à ce scribe insolent une correction manuelle, mais le drôle, retranché derrière son guichet, était hors de portée et, de plus, le public n'aurait pas manqué de le soutenir.

L'allusion à la police avait produit son effet accoutumé.

A Paris, la ville intelligente par excellence, — à en croire ceux qui y ont vu le jour — il suffit d'accuser quelqu'un d'appartenir de près ou de loin à la police pour que tout le monde prenne parti contre lui.

Cela suffit quelquefois pour le faire assommer.

Hervé fort heureusement contint sa colère et passa.

Il sortit même de la salle, n'ayant plus rien à

attendre de ces grossiers commis, ni de ces contribuables hostiles, et quand il sortit, peu s'en
fallut qu'on le huât.

Ce début de sa chasse aux renseignements
n'était pas fait pour l'encourager, et il commençait à craindre de revenir bredouille, ce jour-là.

Ce n'était pas une raison pour renoncer définitivement à en savoir davantage.

Il pouvait encore espérer que la police muni-
cipale ferait ce qu'il n'avait pas pu faire.

Il faudrait bien qu'on déblayât les ruines et ou
y trouverait tout au moins les restes carbonisés
des victimes de l'incendie, si on n'y trouvait pas
les preuves d'un crime commis dix ans auparavant.

Évidemment aussi, la justice allait ouvrir une
enquête sur les causes du sinistre, et si cette enquête établissait que le feu avait été mis par
malveillance, elle chercherait les coupables.

On disait que la maison n'était pas assurée,
mais ce n'était qu'un on-dit, et s'il y avait des
assurances, les compagnies ne manqueraient pas
de réclamer l'enquête, afin de ne payer qu'à
bon escient.

On saurait aussi qui payait le montant des
primes annuelles, depuis que l'immeuble avait
changé de propriétaire.

Seulement, pour tout cela, il fallait du temps,
et Hervé, dépourvu de vocation pour le métier

d'agent de police, aurait voulu en finir le plus tôt possible.

Et il lui en coûtait beaucoup de revoir la marquise, sans lui rapporter au moins une information précise.

Elle savait qu'il s'était mis en campagne immédiatement et elle devait l'attendre avec impatience.

Il ne pouvait guère cependant se présenter chez elle avant l'heure où une jeune femme est visible, et il n'était pas beaucoup plus de midi.

Hervé s'en alla donc mélancoliquement le long des quais, en rêvant à sa situation, qui se tendait de plus en plus. La scène de la veille avec Mlle de Bernage lui revenait à l'esprit, et il se demandait s'il la raconterait à Mme de Mazatlan.

Il lui était difficile de s'en dispenser, à cause de l'épisode final. Il aurait pu se taire sur sa rencontre avec sa ci-devant fiancée, mais il se serait fait scrupule de cacher à la marquise qu'il avait vu débarquer devant l'hôtel de Bernage l'homme signalé par elle, ce Berry qui était venu jadis recevoir à Brest Mme Nesbitt et sa fille. Il importait que Mme de Mazatlan fût informée du fait et Hervé se promit de l'en avertir le jour même.

Absorbé dans ses réflexions, et marchant au hasard, il avait traversé la Seine au pont de l'Archevêché et tourné par la rue du Cloître-Notre-Dame.

Quand il déboucha sur la place du Parvis, il

aperçut des gens rassemblés devant le péristyle de l'ancien Hôtel-Dieu — le nouveau n'existait encore qu'à l'état de projet, — et un propos tenu par la crémière lui revint en mémoire.

Cette femme avait parlé d'un blessé porté à l'hôpital sur un brancard, disait-elle. Si elle ne s'était pas trompée, le blessé en question devait être à l'Hôtel-Dieu, qui se trouvait alors à deux pas de la rue de la Huchette.

Rien n'empêchait Hervé d'y aller voir.

Il aurait peut-être hésité s'il lui avait fallu demander au directeur la permission d'entrer, mais c'était jeudi, un jour où on admet tout le monde à visiter les malades, et l'heure de la visite allait sonner.

Elle sonna et la foule se pressa pour passer.

Hervé, qui s'était rapproché, suivit le mouvement, sans trop savoir comment il allait s'y prendre pour trouver celui qu'il cherchait. Ses mésaventures l'avaient rendu prudent et il ne se souciait pas de s'informer au bureau où on inscrit les noms des entrants. Il se dit que puisque l'accès des salles était libre, il n'aurait qu'à les parcourir pour s'assurer si Alain y était.

Sous le péristyle, il fut tout surpris d'être arrêté par un surveillant qui se mit à tâter ses poches.

Le seigneur de Scaër n'était jamais entré dans un hôpital de Paris. Il ignorait qu'on y fouille les visiteurs plus sévèrement que les employés de l'octroi ne fouillent les voyageurs à la barrière.

Et ce n'est pas une précaution inutile, car on n'imagine pas quelles victuailles de contrebande on saisit : des saucissons, des litres de vin bleu et jusqu'à des pains de quatre livres attachés sous les jupes des femmes et destinés à des malades pour lesquels la diète est de rigueur.

La mortalité augmenterait sensiblement dans les hôpitaux, si on laissait faire ces braves gens, animés d'excellentes intentions, mais imbus de cette opinion très fausse et très répandue dans le peuple, que l'Assistance publique laisse mourir de faim ses pensionnaires.

Hervé comprit et se laissa faire, sans murmurer. Bien entendu, il n'avait sur lui rien de prohibé et on ne le retint pas longtemps.

Il s'agissait maintenant de décider comment il allait commencer son inspection. Il y avait des salles à tous les étages, et des étages, le vieil Hôtel-Dieu en comptait au moins quatre.

Hervé pensa judicieusement que les salles de chirurgie devaient être au rez-de-chaussée, par cette raison que les blessés arrivent presque toujours portés sur un lit d'ambulance et que les porteurs auraient trop de peine à monter les escaliers.

Il entra donc dans celle qui se trouvait de plain-pied, une longue salle garnie d'un bout à l'autre d'une double rangée de lits de fer à rideaux blancs, et il vit que le hasard l'avait bien servi.

Cette salle était une salle d'hommes et une salle de chirurgie.

Si Alain avait été porté à l'Hôtel-Dieu, il devait être là.

Hervé oublia un instant pourquoi il venait, tant le spectacle qu'il avait sous les yeux était nouveau pour lui et inattendu.

La salle regorgeait déjà de visiteurs, et sur soixante lits qu'elle contenait, il n'y en avait pas dix qui ne fussent entourés.

Des mères, des femmes, des enfants. Des hommes aussi, mais beaucoup moins.

Les hommes ont bon cœur, mais ils s'arrêtent quelquefois en route devant le comptoir d'un marchand de vins.

Tous et toutes arrivent les mains pleines. Certaines douceurs ne sont pas défendues : les confitures, les oranges, le chocolat, les fleurs, pourvu qu'il n'y en ait pas trop et qu'elles ne sentent pas trop fort ; le tabac même que le convalescent ira fumer dans le jardin, quand il pourra marcher.

On fait des étalages sur la table de nuit et sur la planchette placée au-dessus de la tête du malade.

La salle avait presque un air de fête et rien n'y rappelait l'idée de la mort.

On y meurt pourtant, ce jour-là comme les autres, et on y pleure, mais ceux qui pleurent cachent leurs larmes et la mort choisit presque toujours d'autres heures pour frapper.

On dirait qu'elle a des égards pour les visiteurs.

Une pauvre créature, encore jeune et misérablement vêtue, était entrée en même temps que Scaër et marchait devant lui, pâle et cherchant des yeux quelqu'un qu'elle ne voyait pas.

Tout à coup, elle s'arrêta à quelques pas d'un lit inoccupé. Elle regardait les draps blancs et elle n'osait plus avancer. Elle avait peur de comprendre...

Un infirmier passa et lui dit à demi-voix :

« Il est mort, cette nuit, à trois heures. »

La malheureuse chancela, mais elle ne se plaignit pas, et ce désespoir silencieux émut profondément Hervé.

Il avait vu quelquefois mourir ; il avait entendu les sanglots des parents assemblés autour du lit où agonise un être aimé. Ceux-là souffraient peut-être moins que cette femme qui sans doute perdait tout en perdant son mari et qui maîtrisait sa douleur.

Il aurait voulu la consoler, l'assister. Elle était déjà loin, et pas un de ces alités qui allaient mourir demain n'avait pris garde à cette scène muette.

II.   2.

Ils en avaient vu bien d'autres.

A l'hôpital, la mort est en permanence. Elle touche un lit et le lit se vide. Un autre l'occupera et s'en ira de même. Qu'importe à ceux qui survivent ? ils se sont familiarisés avec l'idée de partir et ils attendent tranquillement leur tour, sans souhaiter qu'il arrive, mais sans s'apitoyer sur ceux qui partent avant eux, comme un soldat au feu voit sans broncher ses camarades tomber à côté de lui.

Hervé se mit à penser que si Alain blessé avait été apporté dans cette salle, le lit qu'il y avait occupé était peut-être déjà vide, et qu'il lui faudrait finir par où il aurait dû commencer, c'est-à-dire interroger un infirmier, afin de savoir si, la veille, il était entré d'urgence un blessé, apporté de la rue de la Huchette.

L'incendie n'avait pas pu passer inaperçu, car il n'y avait que la Seine entre l'Hôtel-Dieu et les maisons qui brûlaient.

De leurs lits, les malades avaient dû voir les flammes et le personnel avait dû être sur pied toute la nuit.

En continuant sa promenade devant les couchettes entourées de visiteurs, Hervé entendit qu'on parlait du désastre, mais il n'était pas question de blessés admis dans la salle et il cherchait des yeux un infirmier quand il aperçut, tout au fond, une sœur de charité.

On ne les avait pas encore chassées et elles suffisaient à tout.

Celle-là était occupée à ranger des fioles sur une étagère, et quand Hervé lui adressa la parole, elle leva la tête d'un air étonné, car les saintes filles n'ont pas l'habitude de causer avec le public des jeudis et des dimanches.

Les infirmiers s'en chargent et ils empochent souvent de bonnes gratifications des parents et des amis des malades.

La sœur était encore jeune et, sans être jolie, elle avait une figure avenante qui respirait la bonté. On croira sans peine qu'Hervé l'aborda respectueusement.

Aux premiers mots qu'il lui dit, elle vit tout de suite à qui elle avait affaire et elle s'empressa de le renseigner.

— Un tout jeune homme, n'est-ce pas ? demanda t-elle.

— Oui, ma sœur. Il est Breton et il s'appelle Alain Kernoul.

— Je sais, Monsieur. Il occupe le lit numéro 49.

Et la sœur ajouta :

— Moi aussi, je suis de la Bretagne.

— Alors, ma sœur, nous sommes compatriotes.

Hervé se nomma et la religieuse lui dit que dans son enfance elle avait entendu parler de la famille de Scaër. Elle était du Morbihan, et ce qu'elle aimait le mieux après Dieu, c'était son pays.

Hervé ne pouvait pas mieux tomber.

— Le pauvre garçon a été apporté ici dans un triste état, reprit-elle. Il était à moitié grillé et à moitié écrasé. L'interne qui l'a reçu croyait d'abord qu'il n'en reviendrait pas, mais en l'examinant il a reconnu qu'il n'était pas très gravement atteint... des brûlures par tout le corps et une épaule démise... on l'a remise hier... et aujourd'hui, il est aussi bien que possible. Il serait debout en ce moment, si le règlement n'obligeait pas les malades à garder le lit, aux heures des visites.

Hervé était au comble de la joie et sa physionomie exprimait si bien ce qu'il ressentait que la sœur lui dit :

— Je vois, Monsieur, que vous vous intéressez beaucoup à ce brave garçon... et je vous assure qu'il le mérite. J'ai parlé avec lui et il n'a que de bons sentiments.

— Oh ! je le connais, ma sœur, il est né et a été élevé chez moi.

— Il a aussi un gros chagrin, reprit la sœur. Il ne fait que pleurer et je n'ai pas pu savoir pourquoi. Le chirurgien qui l'a pansé lui a dit que ce ne serait rien et qu'il en serait quitte pour un mois de repos. Rien n'y a fait. Il veut à toute force sortir de l'hôpital. Il est pourtant bien mieux soigné ici qu'il ne le serait chez lui, car il ne me fait pas l'effet d'être riche. Peut-être a-t-il une femme et des enfants... Je n'ai pas osé le lui demander... mais, ce matin, il se désolait de ne pas être en état d'écrire une lettre, faute de pouvoir se servir de sa main droite qu'il sera obligé de porter en écharpe, tant que l'appareil ne sera pas levé. Je lui ai offert d'écrire sous sa dictée ; il m'a remerciée, mais il a refusé.

Je ne devine pas pour quel motif.

Cette dernière phrase incidente fut dite d'un certain ton interrogatif et Hervé, qui comprit l'intention, s'empressa de répondre :

— C'est à moi certainement qu'il aurait écrit, car, à Paris, il ne connaît que moi, et s'il n'a pas accepté le bon office que vous vouliez bien lui rendre, c'est qu'il prévoyait que je viendrais aujourd'hui. Il est à mon service et je ne pouvais pas manquer de m'émouvoir de sa disparition.

— C'est cela, sans doute, murmura la sœur en hochant la tête. Je vais vous conduire près de lui.

Hervé, qui préférait le voir seul, allait la prier de ne pas se déranger. Il n'eut pas à prendre cette peine. Un infirmier vint dire qu'un malade demandait sœur Sainte-Marthe, à l'autre bout de la salle. Sur quoi, sœur Sainte-Marthe s'excusa auprès de M. de Scaër, en l'appelant par son nom, et le laissa aller sans elle au lit d'Alain.

Ce lit se trouvait le dernier de l'autre rangée et Hervé eut encore du chemin à faire pour y arriver, mais quand il eut fait le tour d'un des piliers qui soutenaient la voûte de la salle, il reconnut de loin le blessé qu'il cherchait.

Alain, couché sur le côté gauche, avait les yeux fermés, et il était si pâle qu'on aurait pu le prendre pour un cadavre, car il ne bougeait pas, mais Hervé lui mit doucement la main sur le front, il ouvrit les yeux et il se redressa en balbutiant :

— Ah ! notre maître, je n'espérais pas vous voir ici. Comment avez-vous fait pour savoir que j'y étais ?

— J'ai eu assez de mal à te trouver, mais j'y ai réussi.

— Vous avez dû croire que j'étais mort.

— Par ta faute. Pourquoi ne m'as-tu pas donné signe de vie ?

— Mais, notre maître...

— Bon !... Tu as l'épaule démise, la sœur vient de me le dire... mais elle t'a proposé d'écrire pour toi...

— Je n'ai pas voulu... parce que j'avais peur de vous compromettre.

— Moi !... comment cela ?

— Mais, oui. Votre nom ne doit point être mêlé à une pareille affaire.

Faute de siège pour s'asseoir, Hervé était debout près du lit, et c'est une position peu commode pour causer avec un homme couché; surtout pour causer à basse voix, de façon à ne pas être entendu des voisins.

Un infirmier, — le même qui était venu chercher la sœur Sainte-Marthe, — avisa ce visiteur bien mis et, flairant un bon pourboire, lui apporta une chaise qu'on tenait en réserve pour les cas analogues.

Scaër récompensa immédiatement par le don d'une grosse pièce blanche cette attention qui allait lui permettre d'échanger avec le blessé des confidences intimes.

Alain, après un élan de surprise et de joie, avait laissé tomber sa tête sur l'oreiller et maintenant il pleurait à chaudes larmes. Hervé comprit pourquoi.

— Tu ne pouvais pas la sauver, lui dit-il tout bas, et tu n'as rien à te reprocher, car tu as exposé ta vie, et c'est un miracle que tu sois sorti vivant de cette maison.

— Plût à Dieu que j'y fusse resté ! soupira le gars aux biques.

— Si tu avais péri avec elle, tu ne serais plus là pour m'aider à venger sa mort. Et nous la vengerons, je te le jure.

Maintenant, apprends-moi ce qui s'est passé dans cette maison maudite où tu t'es jeté, sans que j'aie pu t'arrêter. C'était une folie... je suis sûr que tu n'es pas parvenu à monter l'escalier...

— J'ai pu arriver au premier étage... là,
les flammes m'ont barré le passage... la fumée
m'a asphyxié... j'ai été repoussé jusque dans
l'allée... le feu y était déjà et je ne pouvais plus
sortir par la rue de la Huchette... j'ai couru en
avant sans savoir où j'allais... j'aurais dû me
heurter contre la porte de la cour intérieure...
pas du tout !... elle était ouverte.

— C'est singulier !

— C'est d'autant plus extraordinaire que je
l'avais moi-même fermée à double tour avant de
partir. D'autres que moi avaient la clé et s'en sont
servis après moi ;... en oubliant de la refermer,
cette porte que je vous ai montrée, ils m'ont sauvé
la vie, car j'ai pu passer... Ah! ils ne l'ont pas
fait exprès de me sauver !...

— Et tu es resté toute la nuit dans cette
cour !

— Oui, toute la nuit, entre les quatre corps de
bâtiments qui brûlaient. Je les ai vus s'effondrer
étage par étage, couvrant de débris la cour où
j'étais bloqué. Je m'étais réfugié au centre et je
n'y étais pas à l'abri. Les décombres s'amonce-
laient autour de moi, et rétrécissaient de plus
en plus l'espace qui me restait... ça montait
comme la marée dans la rivière de Pontaven...
J'aurais pu calculer le moment où je serais enfoui sous les ruines, car les murs s'écroulaient

les uns après les autres... Je n'y pensais guère... je ne pensais qu'à Zina...

Les sanglots étouffèrent la voix du gars aux biques.

L'émotion est contagieuse. Hervé avait les larmes aux yeux. Il aurait voulu réconforter Alain et il ne trouvait à lui offrir que des consolations banales, de ces consolations qui ne consolent pas.

— Elle était condamnée, soupira-t-il. Le mal qui la minait était sans remède. Elle souffrait tant que la mort a été pour elle une délivrance.

— Hélas ! quelle mort !... la plus horrible de toutes ! dit le blessé.

— Non... elle ne l'a pas vue venir... elle a été surprise pendant son sommeil...

Scaër savait bien le contraire, puisque la malheureuse Zina s'était montrée un instant à la fenêtre, appelant du secours, et s'il parlait ainsi, c'est qu'il espérait que ce pieux mensonge calmerait un peu la douleur d'Alain. Il s'aperçut bien vite qu'il se trompait et que ses tentatives d'apaisement ne faisaient qu'exaspérer le chagrin du malheureux veuf qui s'écria :

— Dire que je ne reverrai jamais son pauvre corps !.. Elle m'avait demandé de la faire enterrer à Trégunc et je ne pourrai seulement pas la conduire jusqu'à un de ces affreux cimetières de Paris où on jette dans la fosse commune ceux qui n'ont pas de quoi acheter un peu de terre pour y dormir en paix. Il ne me restera rien d'elle. Je ne pourrai pas prier sur sa tombe.

Le gars aux biques, sans s'en douter, plaidait éloquemment contre la crémation dont il n'était pas encore question en ce temps-là, et il exprimait un sentiment qui, en dépit des théories matérialistes, vivra toujours dans le cœur des simples : ceux qui ne comprennent pas qu'on puisse aller pleurer sur des cendres enfermées dans une urne.

Scaër le partageait ce sentiment, mais il n'eut pas le courage de répondre que le feu n'avait peut-être pas complètement anéanti le cadavre de Zina et que, si on en retrouvait des restes, il se chargerait de leur assurer une sépulture chrétienne.

— Ah! notre maitre, reprit Alain, si vous saviez quel supplice j'ai enduré dans cette cour, pendant qu'autour de moi les bâtiments brûlaient!.. Vingt fois, j'ai eu l'idée de me jeter dans la fournaise et je m'y serais jeté si notre recteur de Trégunc ne m'avait pas appris au catéchisme que la religion nous défend de nous tuer. J'espérais que le bon Dieu me ferait la grâce de me laisser mourir là... au moins j'aurais fini comme ma pauvre femme !

— Il vaut mieux que tu lui aies survécu pour m'aider à retrouver les scélérats qui l'ont assassinée, dit Hervé.

Et pour couper court aux lamentations inutiles de son brave compatriote, il se hâta d'ajouter :

— Achève de me raconter comment tu es sorti de cet enfer... et surtout dis-moi bien ce que tu as vu pendant les heures que tu y as passées... As-tu quelque idée de l'endroit où le feu a pris ?

— Il a pris partout, presque en même temps, répondit Alain ; cependant, je crois bien qu'il a commencé du côté de la rue Zacharie, au rez-de chaussée... là où, un soir de cet hiver, j'ai vu de la lumière derrière un vitrage... il a éclaté dès le début de l'incendie, ce vitrage, et, quand je suis entré dans la cour, les flammes sortaient par là comme par la bouche d'un four ; mais les trois autres bâtiments n'ont pas tardé à flamber aussi... et ça sentait le goudron.

— Pas le goudron, le pétrole, dit Scaër, qui avait la mémoire de l'odorat.

Il se souvenait maintenant d'avoir respiré, rue de la Huchette, une odeur âcre, qui n'était pas celle du bois brûlé, et cette odeur, il l'appelait par son nom, peu connu alors : un nom qui fut dans toutes les bouches, après les incendies allumés par les communards.

Et ce souvenir était un trait de lumière. Évidemment, les caves de ces quatre maisons abandonnées ne contenaient pas des tonnes de ce dangereux combustible dont l'usage n'était pas encore très répandu en France. Il fallait qu'on en eût badigeonné intérieurement les murailles, en prévision du cas où il y aurait urgence à détruire en quelques heures toutes ces vieilles bâtisses.

Et il n'était pas impossible que ce travail préparatoire eût été fait longtemps avant l'embrasement général.

On avait huilé par avance l'édifice condamné à disparaître, comme on saborde la cale d'un navire destiné à être coulé.

On rebouche le trou avec des planches qu'il suffit de déclouer pour que le navire aille au fond de l'eau ; de même, on n'a qu'à promener une allumette sur les murailles enduites de pétrole pour que l'incendie éclate. Et Hervé soupçonnait fort que ce procédé avait été employé par les coquins intéressés à supprimer les preuves d'un crime ancien que la prescription ne couvrait pas encore.

Alain, qui, pour le moment, songeait moins à eux qu'à la mort de Zina, reprit le récit qu'il avait entamé, à la prière de son maître.

— J'ai passé là huit heures, reprit-il, et j'ai été préservé par les décombres qui avaient fini par former comme un rempart autour de moi. Lorsque le jour a paru, je n'étais pas encore sérieusement blessé... des pierres m'avaient touché... mes vêtements étaient brûlés... mes cheveux aussi..., mais je n'avais rien de cassé. C'est en essayant de sortir de la cour que je me suis déboîté l'épaule droite... il commençait à faire clair et j'avais entrevu une large brèche à la place de l'allée par laquelle j'étais entré. Le feu était presque éteint et la fumée était moins épaisse... seulement il fallait franchir des tas de débris... des barricades de moellons et de plâtras... je n'en pouvais plus... j'ai grimpé pourtant... mais, tout en haut, le pied m'a manqué sur un pavé branlant, j'ai dégringolé... j'ai eu bien du mal à me relever et à me traîner dehors. Je n'ai pas eu la force d'aller loin...

— Tu es tombé au bout de la rue de la Huchette, au coin de la rue du Petit-Pont.

— Comment savez-vous ça?

— La crémière d'en face t'a vu. Elle m'a renseigné.

— Mais je ne la connais pas!

— Elle te connaît de vue et je vais bien t'étonner en t'apprenant ce qu'elle m'a dit de toi. Elle est persuadée que le feu n'a pas pris tout seul.

— J'en suis persuadé aussi.

— Et elle croit que c'est toi qui l'as mis.

— Oh !... alors elle est folle !...

— Mon Dieu, non. Elle n'est même pas méchante. Seulement, comme tant d'autres petites marchandes en boutique, elle est cancanière et curieuse... Elle voit des mystères partout... Tu ne parlais à personne dans le quartier... Il n'en a pas fallu davantage pour qu'elle s'imaginât que tu te cachais parce que tu avais des crimes sur la conscience. Elle m'a bien pris pour un agent de la Sûreté, moi, parce que je la questionnais. Tout cela ne serait rien, mais j'ai peur qu'elle ne bavarde. Si les bruits qu'elle pourra faire courir arrivaient aux oreilles du commissaire, tu serais peut-être inquiété... on t'interrogerait.

— Je ne serais pas embarrassé pour répondre. Ce n'est pas moi qui ai quelque chose à craindre de la police.

— Assurément, non... mais j'aime autant que la police ne se mêle pas de cette affaire.

— Je croyais que vous vouliez venger...

— Les victimes de ces misérables ; oui, certes ; mais, pour cela, je n'ai besoin de personne que de toi. Il faut d'abord que tu sortes de cet hôpital.

— Je ne demande pas mieux, mais... où irai-je ?

— Tu viendras chez moi. Je te prends à mon service.

— Oh ! alors, tout de suite ! s'écria le gars aux biques en rejetant la couverture du lit.

Il allait se lever quand l'infirmier, qui rôdait par là, vint lui dire que c'était défendu pendant la visite du public. Il le lui dit doucement — le pourboire l'avait rendu poli — et comme Hervé demandait la raison de cette consigne, il prit la peine de lui expliquer qu'elle avait pour but d'empêcher les malades surveillés de s'échapper en se faufilant parmi les visiteurs.

Hervé n'insista pas, mais cette réponse lui donna à réfléchir. Il y avait donc des malades surveillés et Alain en était peut-être.

En se posant cette question, Hervé se promit de l'élucider avant de sortir de l'hôpital, mais il jugea inutile de faire part au blessé de ses appréhensions.

— Attendons à demain ; il faut respecter le règlement, lui dit-il. Je vais m'adresser à la sœur qui m'a indiqué ton lit et lui demander quelles sont les formalités à remplir pour qu'on te laisse aller.

— Sœur Sainte-Marthe ! elle est bien bonne pour moi... et puis, vous ne savez pas, notre maître... elle est presque de chez nous... c'est la fille d'un meunier de Plouharnel que défunt mon père a connu.

— Oui... mais, dis-moi... on t'a demandé ton nom quand tu es entré ici ?

— Et je l'ai donné .. la preuve, c'est qu'il es là, sur un écriteau.

En levant les yeux, Hervé vit, accrochée à la tringle des rideaux et encadrée de fer, une pancarte qui portait l'indication complète de l'état civil d'Alain Kernoul, son âge, le lieu de sa naissance et sa profession de figurant.

On était renseigné et, après sa sortie de l'Hôtel-Dieu, il y resterait des traces de son passage.

Peu importait, d'ailleurs, à Scaër qui était décidé à attacher Alain à sa personne. Alain n'avait rien à se reprocher, et si la police s'avisait de le tracasser, il en serait quitte pour dire la vérité sur son séjour dans la maison brûlée.

On chercherait la gérante qui l'y avait amené et on la trouverait peut-être sans que Scaër s'en mêlât.

Pour le moment, Scaër tenait à s'assurer que le gars aux biques obtiendrait le lendemain son exeat.

Après l'avoir réconforté de son mieux, il le quitta en lui recommandant de ne pas perdre une minute pour se présenter à l'hôtel du Rhin, aussitôt qu'il serait libre, et il se mit en quête de la sœur Sainte-Marthe, qu'il ne rencontra qu'à l'autre bout de la salle, au chevet d'un blessé qui geignait et qu'elle s'évertuait à consoler.

Hervé se garda bien de la déranger, mais elle devina qu'il souhaitait de lui parler et elle lui fit signe d'attendre qu'elle eût fini de donner à boire à cet affligé, un malheureux couvreur qui s'était cassé les deux bras en tombant d'un toit.

Scaër comprit, dès ce moment, que la sympathie de cette sainte fille lui était acquise, qu'il la

devait à sa qualité de compatriote et qu'elle s'é-
tendait à Alain qui était aussi Breton que lui.

Il passa sans mot dire et il alla se placer près
de la porte, derrière un pilier où elle ne tarda
pas à venir le rejoindre.

— Comment avez-vous trouvé ce pauvre· garçon ? lui demanda-t-elle.

— Il va si bien que j'aurais voulu l'emmener
aujourd'hui, répondit Hervé.

— Aujourd'hui, ce n'est pas possible. C'est le
docteur qui signe les bons de sortie. Il a fait sa
visite ce matin et il ne reviendra que demain.

— Les malades sont donc prisonniers ici ? dit
Hervé en souriant.

— Non, Monsieur ; on ne les garde pas malgré eux... souvent même on les renvoie plus vite
qu'ils ne voudraient, car on n'a jamais assez de
lits disponibles et un convalescent occupe la place
d'un malade qui a plus que lui besoin d'être soigné ; mais il faut toujours que la sortie soit régulièrement autorisée... quand ce ne serait qu'à
cause des consignés...

Et comme Hervé ne paraissait pas comprendre
le sens du mot « consignés », la sœur reprit :

— Il arrive quelquefois qu'on reçoit d'urgence
un homme qu'on pourrait arrêter... et qu'on arrêterait s'il n'était pas blessé. Alors le directeur de
l'hôpital est tenu de le faire surveiller, car on le
rendrait responsable d'une évasion.

II.   3.

— J'aime à croire que mon protégé n'est pas dans ce cas-là, dit vivement Hervé.

— J'espère bien que non, dit la sœur Sainte-Marthe d'un ton qui ne rassura pas beaucoup Hervé.

— Est-ce à dire que vous n'en êtes pas certaine ? demanda-t-il.

— Je ne le crois pas et, quoi qu'il en soit, je suis convaincue que ce garçon n'a rien fait de mal, mais il est bon que vous sachiez ce qui s'est passé hier. Quand on l'a apporté, un agent de police en bourgeois escortait le brancard et deux heures après, quand le blessé a été pansé et couché, ce même agent est revenu copier les indications portées sur le registre d'entrée de l'hôpital.

— On le soupçonne donc ?

— Peut-être.

— Et de quoi ? bon Dieu !

— Il paraît qu'on l'a vu, au petit jour, se glisser hors de la maison incendiée, et comme on ignore comment le feu a pris, on veut sans doute l'interroger…, mais on ne l'accuse pas, que je sache.

— Ce serait trop fort !… Je réponds de lui, sous tous les rapports, et je suis prêt à dire pourquoi il est entré dans cette maison pendant qu'elle brûlait.

— Alors, Monsieur, voulez-vous me permettre de vous donner un conseil ?

— Je vous en serai très reconnaissant et je vous promets de le suivre.

— Eh ! bien, voyez l'interne de service. Il vous renseignera mieux que je ne puis le faire. Vous le trouverez à la salle de garde.

— Je vous remercie, ma sœur, et je vous recommande notre compatriote...

Elle acquiesça d'un sourire et elle revint au lit de son blessé.

Hervé sortit et s'adressa au portier qui lui indiqua le chemin à suivre pour arriver à la salle où se tiennent les internes.

Il y alla en maugréant contre la crémière de la rue de la Huchette.

— Elle aura bavardé, se disait-il, et ses sots propos seront tombés dans l'oreille d'un mouchard. Je m'en doutais bien. Mais l'accusation est trop bête et il sera facile de prouver que Kernoul était sur les planches du Châtelet quand l'incendie a éclaté. Je vais commencer par expliquer la chose à ce jeune homme. Il me comprendra, pour peu qu'il soit intelligent, et il décidera son chef à accorder l'exeat. Si ça ne suffit pas, je verrai le directeur de l'hôpital. Il me faut, dès demain, mon gars aux biques.

Par de longs corridors où il ne rencontra personne, il arriva devant une porte sur laquelle il lut : « Salle de garde », et comme cette porte était ouverte à moitié, — probablement à cause de la fumée du poêle, — il put, avant d'entrer, examiner le local et ceux qui l'occupaient.

C'était une pièce carrée, avec des murs blanchis à la chaux, prenant jour sur une cour intérieure et très sommairement meublée : une couchette de fer où se reposait la nuit l'interne de service ; un grand casier en bois noir, surchargé de cahiers d'observations et de vieux journaux de médecine, une fontaine en cuivre, avec bassin pareil, accrochée au mur ; un ratelier de pipes très culottées ; puis, collée à la muraille, une longue liste de noms de malades avec les numéros de leurs lits et une ardoise où les internes qui s'absentent inscrivent à la craie le nom de la salle où l'infirmier peut les trouver, si on a besoin d'eux.

Au milieu, un poêle en faïence qui fumait outrageusement et dans le fourneau duquel une vieille femme accroupie cuisinait quelque mets mal odorant.

Dans un coin, au fond, une table en sapin où était accoudé, entre deux piles de bouquins, un jeune homme en tablier blanc, avec une petite calotte sur la tête et à la boutonnière une pelotte à épingles, violette, qui, de loin, avait l'air d'une rosette d'officier d'académie.

Hervé toussa pour s'annoncer. La vieille se retourna et se remit à fourgonner dans les cendres. L'interne leva la tête et regarda le nouveau venu, en fronçant le sourcil.

Il était évidemment contrarié d'être dérangé de son travail et ses yeux disaient : qu'est-ce que vous me voulez ?

Mais, presque aussitôt, sa figure changea d'expression. Il porta la main à sa calotte et, après avoir repoussé du pied le tabouret qui lui servait de siège, il vint au devant d'Hervé, en lui disant :

— Bonjour, Monsieur !... Vous ne me reconnaissez pas ?

— Mais, balbutia Hervé, il me semble bien vous avoir déjà vu... seulement, je ne me rappelle pas où.

— A Bullier, parbleu!...nous avons passé toute une soirée ensemble avec l'ami Pibrac qui nous a présentés l'un à l'autre... et même toute une nuit, car, après le bal, nous sommes allés souper chez Foyot... il y avait des dames . . . c'était en plein carnaval... le jeudi gras...

— Il y a trois ans ! Je me souviens...

— A la bonne heure ! ... Vous êtes bien M. de Scaër ?

— Parfaitement.

— Alors, donnez-moi des nouvelles de ce brave Pibrac. Comment va-t-il ? Je ne le vois plus guère depuis que j'ai été reçu à l'internat...

vous comprenez ... je n'ai plus le temps de
m'amuser. Il faut que je pioche mes examens.

— Pibrac va très bien.

— Bravo !... il ne me reste plus qu'à vous
rappeler mon nom que vous me faites l'effet
d'avoir oublié... Delle... Albert Delle... ça fait
Adèle, disait ce blagueur de Pibrac.. et à vous
demander, cher Monsieur, à quoi je puis vous
être bon dans cet hôpital.

Hervé admirait les coups du hasard qui dis-
perse et rassemble les gens, à Paris, comme des
billes carambolant sur un billard, et il commençait à trouver que la fréquentation de Pibrac
présentait quelques avantages mêlés à beaucoup
d'inconvénients.

D'anciennes fredaines avec ce garnement allaient lui faciliter sa tâche en le tirant de l'embarras qu'il éprouvait à aborder un sujet assez
délicat.

A un homme avec lequel on a soupé jadis, en
joyeuse compagnie, on peut dire des choses qu'on
hésiterait à confier à un inconnu.

— Voici ce que c'est, commença-t-il en of-
frant à l'interne un excellent cigare qui fut
refusé.

Delle préférait la pipe. Il alluma la sienne,
après avoir donné du feu à Hervé et, s'apercevant que celui-ci regardait du coin de l'œil la
vieille, toujours occupée à tisonner :

— Mère Ponisse, cria-t-il, allez donc nous chercher de la bière.

Puis, quand elle fut dehors :

— Marchez maintenant, reprit-il gaiement. Je suis tout ouïes. Vous avez bien fait de me faire penser à la renvoyer. C'est une vraie pie borgne... et il est inutile qu'elle vous entende, si vous avez quelque chose de particulier à me dire.

— Oh ! rien de confidentiel, s'empressa de répondre Hervé. Vous avez dans la salle de chirurgie un blessé auquel je m'intéresse... Alain Kernoul.

— Le nom ne m'apprend rien... ici, on ne connaît les malades que par les numéros des lits... et je ne retiens guère ceux des sujets insignifiants.

— Le mien est au numéro 49.

L'interne se leva pour aller jeter un coup d'œil sur une pancarte pendue au mur.

— Le 49 n'y figure pas, dit-il ; c'est bon signe pour lui, car tous ceux que j'ai numérotés là sont sûrs de passer prochainement l'arme à gauche. Je les ai inscrits pour un externe de mes amis qui fait des recherches sur les maladies des os et qui désire être prévenu à temps pour assister à l'autopsie.

Delle disait cela aussi simplement que s'il eût parlé d'un memento destiné à inscrire des dates d'invitations à dîner.

— Oh ! reprit Hervé ; il n'est pas dangereusement blessé ... une luxation de l'épaule droite...

— Bon ! en ce moment, nous n'en avons que trois, des luxations... Quand votre homme est-il entré à l'Hôtel-Dieu?

— Hier matin... on l'a apporté sur un brancard... il était hors d'état de marcher.

— J'y suis... c'est l'individu qui a manqué d'être grillé dans cette maison de la rue de la Huchette.

— Justement.

— Eh! bien, il est raccommodé... c'est moi qui l'ai reçu et qui l'ai pansé quand il est arrivé... il l'a échappé belle... il était couvert de contusions et de brûlures ... Soyez tranquille, il sera soigné ici, mieux qu'il ne le serait chez lui.

— Je n'en doute pas, mais...

— Et avant un mois, il sera sur pied complètement.

— Il voudrait sortir dès demain.

— Demain, c'est trop tôt. La fièvre l'a pris à la suite de l'opération, et il a absolument besoin de repos. Mon chef de service ne signera pas l'exeat... à moins que le blessé ne l'exige formellement, car nous ne gardons pas les gens de force.

— On prétend que si... dans certains cas... en vertu d'un ordre du parquet, par exemple.

— Oui, quand il s'agit d'un prévenu... désigné pour être transféré à Mazas, dès qu'il sera en état de monter dans la voiture cellulaire — *vulgó :* le panier à salade. Ceux-là, on les case dans une salle spéciale... et votre homme n'y est pas, aux consignés.

—Non..., mais on vient de me dire qu'il avait été accompagné ici par un agent de police... et que cet individu était revenu un peu plus tard copier les indications accrochées au lit de ce pauvre garçon... c'est une sœur de charité qui m'a averti...

— Sœur Sainte-Marthe... si elle vous a dit cela, c'est la vérité... et, au fait, j'ai une vague idée d'avoir entendu mes camarades parler d'un mouchard qui a montré son nez dans la salle de chirurgie... ça arrive quelquefois, mais quand on signale un de ces drôles, tout le monde se donne le mot pour lui jouer des tours... et si celui-là s'avisait de revenir, il passerait mal son temps. Je suppose d'ailleurs que votre compatriote n'a rien sur la conscience.

— Je réponds de lui comme de moi-même. Il paraît qu'il s'est trouvé des imbéciles pour raconter que c'est lui qui a mis le feu à cette maison où il a failli laisser sa peau. C'est absurde, mais vous connaissez le mot de je ne sais plus quel magistrat d'autrefois : « Si on m'accusait d'avoir volé les tours de Notre-Dame, je commencerais par mettre la frontière entre moi et la justice... » Mon brave Alain n'a pas la moindre envie de se sauver, mais je voudrais lui éviter des ennuis en le tirant de l'hôpital... et je vous serai très obligé de ne pas vous opposer à ce qu'il en sorte dès demain.

— Ça ne dépend pas de moi... mais je vous promets d'exposer le cas à mon chef... il ne les aime pas plus que je ne les aime, ces messieurs de la police... et j'espère qu'il signera le bon de sortie du 49... Vous m'autorisez à vous nommer ?

— Parfaitement. Je loge à l'hôtel du Rhin, place Vendôme, et je compte prendre Alain à mon service. On le trouverait chez moi si on avait besoin de lui. Je m'engage à le pré- senter à première réquisition, dit Hervé en souriant.

— C'est tout ce qu'il faut, cher Monsieur, et je vais...

Un infirmier poussa la porte et dit :

— Monsieur Delle, la sœur m'envoie vous cher- cher... l'amputé du 27 vient d'être pris d'une hémorrhagie...

— Diable ! j'y vais, s'écria l'interne en posant sa pipe sur la table. Vous m'excusez, cher Monsieur...

Et il se précipita dans le corridor.

— Allons ! pensa Hervé en prenant le même chemin, je n'ai pas perdu ma journée.

Alain sortira demain et nous serons deux contre deux.

Il aurait dû dire trois contre trois, en comptant la marquise comme une alliée et M^m_e de Cornuel comme une ennemie.

II

Ernest Pibrac habitait la rue Saint-Arnaud,
qui s'appelle maintenant la rue Volney, on n'a
jamais su pourquoi, car l'auteur des *Ruines* est
fort ignoré de la génération présente, et, en lisant l'inscription gravée sur la plaque munici-
pale, des passants, plus gastronomes que lettrés,
s'imaginent que la voie qui portait jadis le nom
du vainqueur de l'Alma a été consacrée à la
gloire d'un des plus fameux crûs de la Bourgo-
gne, — avec une faute d'orthographe, — le vin de
Volnay étant beaucoup plus connu que le philosophe *Volney*.

C'est une courte, honnête et paisible rue, qui
ne mène à rien et où par conséquent on ne
passe guère.

En ce temps-là, un cercle très fréquenté ne s'y
étant pas encore installé, elle était surtout habitée par des bourgeois aisés et paisibles.

Pibrac, qui n'appartenait pas à cette catégorie
d'électeurs éligibles, y avait planté sa tente à

l'entresol d'une jolie maison toute neuve et il s'y était arrangé une garçonnière élégante où il menait, sans trop de tapage, une joyeuse existence.

Fils d'un bon négociant qui avait mis trente ans à amasser du bien en vendant du drap, et orphelin à quinze ans, Ernest Pibrac s'était trouvé, à sa majorité, maître d'une fortune assez ronde, mais pas assez considérable pour lui permettre d'aborder ce qu'on nomme à Paris la grande vie.

Il l'avait d'ailleurs, avant d'entrer en possession, quelque peu écornée par des emprunts usuraires, comme en contractent facilement les mineurs prédestinés à tomber plus tard sous la tutelle conservatrice d'un conseil judiciaire.

Il s'était donc résigné à se passer de train de maison. Il se contentait d'un groom pour le servir et il ne se donnait point le luxe d'avoir une voiture à lui, ni même un cheval de selle. Sa devise était : tout pour l'argent de poche, et il la mettait en pratique.

Aussi, avait-il, comme on dit, le louis facile, et ces dames du monde où l'on s'amuse lui en savaient gré.

Il les connaissait toutes ; il dînait et il soupait dans les restaurants à la mode ; il ne manquait pas une *première* et on le voyait dans tous les endroits où il est de bon ton de se montrer.

Ses relations masculines n'étaient pas précisément triées sur le volet. Il fréquentait ses pareils et il n'avait pas ses grandes entrées dans les salons aristocratiques. Il ne s'était jamais avisé de se présenter au Jockey-Club où il n'aurait récolté que des boules noires, mais il faisait bonne figure dans un cercle de second ordre, et parmi ses camarades de plaisirs il en comptait qui étaient reçus dans le meilleur monde.

Entre autres, Hervé, baron de Scaër, qu'il connaissait depuis longtemps, sans trop savoir où et comment il l'avait connu.

Un hasard de la vie parisienne les avait mis en relations et le goût du plaisir qui leur était commun avait cimenté leur liaison.

Les rapports étaient devenus moins fréquents, depuis que le mariage de Scaër était décidé.

Pibrac allait criant partout : « Un homme à la mer ! » quand il était question d'Hervé promu à la dignité de gendre d'un capitaliste.

Pibrac l'enviait peut-être, mais il se gardait bien de le dire et il continuait à chanter les louanges de la vie de garçon.

La nouvelle de la rupture ne lui avait pas été désagréable, un peu parce que, s'il faut en croire La Rochefoucauld, l'illustre auteur des *Maximes*, il y a toujours dans la déconvenue d'un ami quelque chose qui nous fait plaisir, mais surtout parce qu'il allait retrouver un compagnon qu'il préférait à beaucoup d'autres.

Il s'était bientôt aperçu qu'il faudrait en rabattre, car Hervé paraissait peu disposé à se divertir comme autrefois. Hervé se montrait soucieux et taciturne; Hervé cachait sa vie et faisait la sourde oreille quand on lui parlait de faire la fête. Pibrac pensait bien que le fiancé évincé devait avoir des ennuis d'argent, mais il soupçonnait aussi qu'il y avait de l'amour sous roche et il comptait savoir prochainement à quoi s'en tenir à seule fin de ramener dans le chemin de la vie à outrance un ami qui lui manquait.

Pibrac regrettait d'autant plus l'aimable compagnie de cet ami, qu'il venait de perdre une petite camarade à laquelle il était aussi attaché qu'un viveur peut l'être à une soupeuse à tous crins qui ne se piquait pas de fidélité.

Margot l'avait bel et bien lâché, mais il lui en voulait beaucoup moins qu'à l'étranger qui la lui avait soufflée et même qu'à Bernage qui patronnait ce déplaisant *rastaquouère*.

Il leur avait juré à tous les deux une haine irréconciliable et il ne s'était pas vanté en annonçant à Hervé qu'il se préparait à leur jouer de très mauvais tours.

Seulement, il s'étonnait que le susdit Hervé n'eût pas fait chorus et l'eût planté là, après le dîner du cercle.

Cette conduite devait cacher un mystère qu'il se promettait d'éclaircir.

Il n'avait pas revu Scaër et il n'avait pas trouvé le temps d'aller le chercher à l'hôtel du Rhin, ayant passé toute la journée du jeudi et une partie de la nuit suivante à cartonner avec fureur.

Et le cartonnage ne lui avait pas réussi,— contre son habitude, — car il était heureux au jeu, plus heureux qu'en femmes, quoiqu'il prétendit le contraire.

Il avait perdu, comme on dit dans l'argot des joueurs, *la forte somme,* et le vendredi il se leva fort tard et d'assez mauvaise humeur.

Il n'avait pas réglé ses bons à la caisse du cercle et il lui fallait, pour les retirer, déplacer des fonds, opération désagréable, même lorsqu'on a un compte courant au Crédit lyonnais.

Il déjeunait habituellement chez lui. Son groom savait assez de cuisine pour faire cuire les œufs et la côtelette traditionnels.

Il finissait de les expédier et il allait s'habiller pour sortir, lorsqu'un coup de sonnette annonça un visiteur.

Pibrac eut bonne envie de consigner sa porte à tout venant, mais il lui passa par l'esprit que c'était peut-être Hervé qui venait le voir, et pour s'éviter la peine d'expliquer à son groom qu'il

II.   4

eût à recevoir M. de Scaër et personne autre, il ne donna pas d'ordre.

Ce n'était pas ce gentilhomme, mais Pibrac ne regretta pas trop de n'avoir rien dit, quand il vit entrer un autre camarade qui ne venait pas souvent, mais qu'il goûtait assez, l'interne de l'Hôtel-Dieu.

Ce futur docteur était gai et sa présence ne manquait jamais de réjouir Pibrac qui ne demandait qu'à se dérider quand, par hasard, il avait des soucis.

— Tiens! s'écria-t-il joyeusement, c'est A. Delle! Bonjour ma petite *Dé-dèle!*... quel bon vent t'amène en ces lieux?... Et comment es-tu dehors aujourd'hui? Est-ce que l'Hôtel-Dieu fait relâche, faute de malades?

—Au contraire, dit en riant l'interne. En ce moment, ils y meurent comme mouches, les malades. C'est peut-être l'effet du carnaval. Mais j'étais de garde hier, et je puis bien me payer quelques heures de sortie. J'ai assez pioché depuis deux mois.

—Ah! tu peux te vanter d'avoir changé, toi!... où est le temps où tu passais tes journées à la brasserie du *boul'Mich'* et tes soirées à la Closerie des Lilas?

—Oui, mon cher, je suis devenu sérieux. Et en me parlant de la Closerie, tu me fournis une transition pour te dire pourquoi je viens te voir.

—Aurais-tu l'intention de me convier à t'y voir exécuter, dimanche prochain, ton fameux pas de la grenouille en goguette?

—Non, je l'ai oublié, mon pas. Mais j'ai eu hier à la salle de garde la visite d'un de tes amis... Te souviens-tu d'un souper chez Foyot, le jeudi gras de l'an de rigolade 1867?... il y avait *Molécule*... *Voyageur*... *Louise la balocheuse*... et quelques autres jeunes personnes du meilleur monde...

—Jeunes, hum!... mais pour la distinction... oh! là! là!

—Il y avait aussi un seigneur de la vieille Armorique... M. Hervé de Scaër, un baron, rien que ça!... Louise en a rêvé.

—Comment! il est allé te chercher à l'Hôtel-Dieu?... Que diable pouvait-il avoir à te dire?

— C'est ce que je vais te raconter... mais d'abord, qu'est-ce que c'est que ce garçon-là?

—Tu le sais bien, puisque tu viens de m'énumérer ses noms, prénoms et qualités.

—Oui, je les sais par cœur... mais que penses-tu de son... de sa moralité... je ne trouve pas d'autre mot.

— En voilà une question bête !... si Hervé n'était pas un galant homme, te figures-tu que je serais lié avec lui comme je le suis?

—Certainement, non... je suis même convaincu, jusqu'à preuve du contraire, que ce Breton est un parfait gentleman... mais on peut se tromper sur les gens.

—T'aurait-il emprunté de l'argent et oublié de te le rendre? demanda en goguenardant Pibrac.

—Non... pour plus d'un motif... le premier de tous est que je n'ai pas le sou. Voici ce qui s'est passé : Avant-hier, dès l'aube, on a apporté à la salle de chirurgie un bonhomme à moitié rôti, avec une épaule démise et des contusions par tout le corps.

—Un beau cas, quoi ! est-ce que tu vas me raconter comment tu l'as traité? Je te préviens que les opérations chirurgicales ne m'intéressent pas du tout.

—Écoute-moi donc, au lieu de blaguer sans cesse. Cet individu avait été arrangé comme ça dans l'incendie d'une maison qui a brûlé de fond en comble la nuit du mardi gras.

—Rue de la Huchette. J'ai su ça au théâtre du Châtelet.

—Tiens ! justement, le blessé y est figurant au Châtelet. Et il est du même pays que ton M. de Scaër, qui s'intéresse tout particulièrement à lui.

— Ça ne m'étonne pas. Scaër est devenu très Parisien, mais il est resté Breton dans l'âme. Alors, il est venu te voir pour te recommander ce garçon?

—Oui... et surtout pour me prier d'obtenir

qu'on le laissât sortir aujourd'hui de l'hôpital. Il veut, prétend-il, le prendre à son service.

— Il en a bien le droit et il en est bien capable. Scaër est un original. Est-ce parce qu'il veut prendre un domestique de son pays que tu doutes de sa moralité?

— J'ai des raisons pour douter de celle du domestique en question. Il a été accompagné jusqu'à l'hôpital par un agent de la Sûreté. Il paraît qu'on le soupçonne d'avoir mis le feu à la maison incendiée. Et c'est pour cela que M. de Scaër, qui le protège, tenait tant à ce qu'on lui donnât la clef des champs.

— Donc, cet homme est innocent. Scaër ne protégerait pas un gredin. Eh bien! l'a-t-on mis dehors, ce prétendu incendiaire?

— Pas encore. Mon chef de service est tout disposé à signer l'exeat et, ce matin, à la visite, je l'y ai poussé tant que j'ai pu. Mais, hier, on est venu de la préfecture de police inviter le directeur de l'hôpital à ne pas laisser sortir l'homme jusqu'à nouvel avis.

— C'est sérieux, alors? demanda Pibrac, d'un air de doute.

— On le dirait, répondit l'interne. Et pourtant j'ai beaucoup de peine à croire que ce garçon ait mis le feu à la maison. Je l'ai interrogé et il m'a raconté qu'au moment où ce feu a pris, il était occupé à figurer sur la scène du Châtelet.

— Mais Scaër aussi y était sur la scène. C'est moi qui l'y ai conduit. Il me semble bien l'avoir vu causer avec un figurant... et comme il s'est éclipsé tout d'un coup, je suppose qu'il aura emmené son Breton et qu'ils sont allés ensemble voir l'incendie. Je sais qu'il y était... je l'ai rencontré quand il en revenait... et s'il répond de cet homme, c'est qu'il est en mesure de prouver qu'on se trompe en le prenant pour un incendiaire.

— Il me l'a dit hier, et maintenant je le crois, puisque tu me réponds de lui.

— Oh ! absolument. Alors, tu vas lui rendre son gars ?

— Ça ne dépend pas de moi seul, mais j'y tâcherai... et j'espère que demain, après la visite, mon chef de service le renverra... il n'a pas de comptes à rendre à la police, mon chef... et tant qu'on ne sera pas venu chercher notre blessé pour le transférer à l'infirmerie de Mazas, le médecin a le droit de le renvoyer chez lui.

— Alors, n'en parlons plus. Pourquoi n'es-tu pas venu me demander à déjeuner ?

— Parce que je n'ai pas le temps de m'amuser. Je passe mon troisième examen dans huit jours. Je reviendrai te voir quand je serai reçu et c'est moi qui t'inviterai. Nous ferons une noce à tout casser.

— Tu noces donc encore, toi ?

— Toutes les fois que je peux. Et je me figure que tu ne t'en prives pas non plus. Tu ne viens plus au quartier Latin parce que tu ne le trouves plus assez chic, mais le diable n'y perd rien, comme me disait ma grand'mère pendant mes dernières vacances, quand j'essayais de lui faire accroire que je m'étais rangé.

— C'est vrai que je n'ai pas dételé, mais tu me croiras si tu veux... je le regrette, le quartier, et je regrette aussi les bonnes filles que nous menions souper chez Foyot... les grandes cocottes ne les valent pas.

— Bah! tu en prends et tu en laisses... ça te coûte plus cher, mais tes moyens te le permettent.

— Oh! ce n'est pas mon argent que je regrette, mais c'est vexant d'être berné par des drôlesses qui vous plantent là un beau soir, quand on les a tirées de la misère.

— Est-ce que ça t'étonne?

— Non, mais ça m'embête.

— Bon! je vois ce que c'est. On vient de te lâcher. Conte-moi donc ça.

— Une piqueuse de bottines que j'avais fait entrer au Châtelet et que je venais de mettre dans ses meubles. Croirais-tu, mon cher, que pas plus tard qu'avant-hier, au lieu de souper avec moi, comme elle me l'avait promis, elle a filé avec une espèce de rastaquouère qu'elle a rencontré dans les coulisses ?

— C'est très mal, dit ironiquement l'interne, mais j'espère que tu t'en es déjà consolé.

— Je te prie de le croire. Seulement, je lui en veux, et elle me le paiera. Quand son rastaquouère l'aura quittée, elle se rabattra sur moi et je l'en-verrai promener.

— Tu auras tort. Avec ces demoiselles, il faut être philosophe. Au quartier, nous ne nous fâchons pas pour si peu.

— C'est possible... mais, moi, j'en ai assez des débutantes. Je vais me répandre dans le vrai monde. Les demi-castors ne me vont pas non plus. Scaër vient de s'y frotter et il lui en a cui. Il s'est laissé pincer par une blonde qui lui a fait manquer un mariage superbe. Margot était encore moins dangereuse que cette princessé-là.

— Margot, c'est celle qui t'a trahi?...

— Et que je ne reverrai de ma vie, la coquine.

A ce moment, des bruits qui partaient de l'an-tichambre arrivèrent aux oreilles des deux amis; des bruits de voix qui alternaient et qui s'élevè-rent bientôt au diapason le plus aigu.

— On jurerait que ton domestique se dispute avec une femme, dit l'interne.

La porte s'ouvrit et Margot, en personne, entra comme un obus. C'était une grande fille rousse qui ne paraissait pas avoir froid aux yeux, comme disent les marins et les militaires. Elle avait écarté d'un cou   de poing le groom et elle lançait au maître des regards courroucés.

— Qu'est-ce que c'est que ce genre-là?... On me consigne à la porte, maintenant !... Je m'en fiche de tes consignes... comme je me fiche des amendes du régisseur de cette sale *boîte* du Châtelet... tu me feras le plaisir de lui régler son compte à ton polisson de groom... et que ça ne traîne pas !

Puis, feignant d'apercevoir tout à coup l'interne qui riait sous cape :

— Excusez-moi, Monsieur, dit-elle ; je ne vous avais pas vu. Du reste, vous n'êtes pas de trop, car vous devez être l'ami d'Ernest... Il se conduit avec moi qui suis une artiste comme on ne se conduit pas même avec une fille, quand on a un peu de cœur.

— C'est trop fort! s'écria Pibrac. Comment avez-vous l'aplomb de vous présenter chez moi, après ce qui s'est passé, l'autre soir, au théâtre?

— De quoi?... parce que j'ai été souper au Café anglais avec un Canadien qui avait invité Juliette et Delphine?... en voilà du bruit pour rien!... J'ai accepté exprès pour t'apprendre à faire le jaloux. Je croyais que tu ne serais pas assez bête pour te fâcher et que tu viendrais le lendemain au théâtre... mais non... Monsieur a pris la chose de travers !... Monsieur boude!...

— Il y a de quoi! grommela l'excellent Ernest, déjà un peu radouci, et si tu te figures que tu n'as qu'à te présenter chez moi pour y reprendre pied, tu t'abuses, ma chère.

— Je commence par y prendre une chaise, dit gaiement Margot en s'attablant sans façon. Sers-moi un verre de chartreuse... j'ai le cœur sens dessus dessous... ça me remettra... de la verte, tu sais... la jaune est trop fade.

Pibrac ne se pressa point d'obéir; mais la bouteille était sur la table et l'ami Delle versa la liqueur demandée.

— Merci, mon petit! lui dit Margot. Si Ernest n'avait que des camarades comme vous, il ne me ferait pas une scène ridicule à propos d'une bêtise. Mais il fréquente un imbécile de provincial qui lui monte la tête.... Monsieur le baron de Scaër!... un baron panné... Avoue que c'est lui qui m'a débinée...

— Scaër ne s'est jamais occupé de toi et je t'engage à ne pas t'occuper de lui.

— Tu ne m'empêcheras pas de dire que c'est un jobard. Il comptait pour se refaire sur la dot de la fille à Bernage, et on vient de la lui souffler.

— Comment le sais-tu?

— Suffit que je le tienne de bonne source. Et je sais encore autre chose. Je sais qui elle va épouser, à la place de ton baron.

— Quoi! elle va se marier à un autre?

— Un peu, mon petit. Et tu le connais, l'autre... tu l'as même dans le nez, parce que tu te figures que je t'ai fait des traits avec lui.

— Le Canadien!

— Oui, gros jaloux!... ça prouve bien qu'entre ce monsieur et moi, il n'y a pas eu ça! dit Margot en faisant claquer son ongle rose sur ses blanches incisives.

— Ça ne prouve rien du tout... et tu ne me persuaderas pas que Bernage aurait amené cet homme dans les coulisses du Châtelet, s'il avait eu le projet d'en faire son gendre.

— Ce n'était peut-être pas son intention, ce jour-là. Il le connaissait depuis longtemps... il ne pensait qu'à procurer à cet ami, qui venait d'arriver à Paris, l'occasion de passer agréablement la soirée du mardi gras... et il ne s'est pas embêté le Canadien!... Delphine lui a chanté des chansons à crever de rire... mais le lendemain, Bernage l'a présenté à sa fille... elle lui a plu... et comme il est très *calé*, l'affaire du mariage a été bâclée tout de suite.

Pibrac se disait qu'après tout c'était possible. Il se souvenait de l'empressement que Bernage avait mis à présenter ce monsieur au cercle, et il ne s'étonnait pas outre mesure que Bernage, ayant surpris Hervé de Scaër en bonne fortune, eût brusqué les choses en jetant sa fille à la tête d'un étranger opulent.

Il admettait même que Solange eût consenti,

par dépit, à changer de flancé, du jour au lendemain.

Et il se promettait d'apprendre à Hervé, qui ne
s'en doutait pas, cette étrange nouvelle. Mais il
n'acceptait le récit de Margot que sous bénéfice
d'inventaire, c'est-à-dire en se réservant d'en
contrôler l'exactitude

— Comment, diable ! es-tu si bien informée ?
lui demanda-t-il.

Et il ajouta ironiquement :

— Est-ce que ton Canadien t'a envoyé une lettre de faire part ?

— Non, mon cher, répondit Margot d'un air
piqué. On ne se marie pas comme ça dans les
quarante-huit heures. Mais le mariage se fera.
Et tu as beau me blaguer, M. Ricœur de Montréal
est plus poli que toi, car tu n'as pas daigné te
déranger pour savoir ce que je devenais, tandis
que, lui, il a pris la peine de venir hier chez moi
s'excuser de ne pas pouvoir tenir ce qu'il m'avait
promis. Il m'avait fait, je ne m'en cache pas, de
brillantes propositions. Il devait, comme entrée
de jeu, m'acheter un hôtel, avenue de Wagram,
et un huit-ressorts.

— Et tu t'étais empressée d'accepter ?

— Conviens que j'aurais été trop bête de refuser. Je n'ai dit ni oui, ni non... et ça parce que
je tiens à toi. J'ai bien fait, puisque le traité n'a
pas été signé, pour cause de mariage. La vertu

est toujours récompensée, conclut Margot en éclatant de rire.

Il n'y avait pas moyen de se fâcher contre cette créature. Pibrac et Delle ne purent pas s'empêcher de rire aussi. La glace était rompue et la conversation tourna vite à la gaîté. Pibrac ne croyait pas du tout à l'innocence de Margot, mais elle lui plaisait fort et il ne demandait qu'à se raccommoder avec elle. L'interne la trouvait amusante et il aurait volontiers poussé à la réconciliation, dans l'espérance de la revoir chez son ami.

La rusée commère ne s'endormit pas sur ce premier succès. Elle reprit la parole pour bavarder à tort et à travers.

— Maintenant que la paix est faite, dit-elle, je vais vous en apprendre une bien bonne. Figurez-vous, mes enfants, qu'un de nos figurants a été à moitié rôti, l'autre soir, dans cette maison qui a brûlé rue de la Huchette, et que ce bonhomme-là a été soupçonné d'avoir mis le feu.

— Tu ne nous apprends rien de neuf. Il est à l'Hôtel-Dieu, dans le service de mon ami Delle qui, justement, me parlait de lui quand tu es arrivée.

— Bon! mais ce que vous ne savez pas, c'est que notre régisseur l'a vu filer du théâtre avec le joli baron de Scaër... ils avaient l'air d'une paire d'amis.

— Scaër ne se cache pas de s'intéresser à lui.

puisqu'il est allé à l'hôpital, tout exprès pour le recommander à Delle.

— Eh! bien, vous pouvez lui dire que la police ne tracassera plus son protégé. L'agent qui est venu aux informations, hier soir, a interrogé le chef de la figuration qui lui a déclaré que le nommé Ciboul... Caboul... Kernoul... je ne sais plus trop, mais c'est quelque chose comme ça... ces Bretons vous ont des noms !... celui-là était encore en scène à la fin du quatrième acte, et à ce moment-là, il y avait au moins vingt minutes que la maison flambait. Le mouchard s'est déclaré satisfait.

— Alors, dit l'interne, la préfecture avisera aujourd'hui le directeur de l'hôpital, et demain matin, la sortie de ce garçon ne souffrira aucune difficulté.

— Voilà une nouvelle qui fera plaisir à notre ami Scaër, s'écria Pibrac; si j'étais sûr de le trouver chez lui, j'irais la lui annoncer.

— Je m'y oppose, dit Margot, j'ai encore des tas de choses à te dire.

— Je puis y aller, moi, reprit Albert Delle. La place Vendôme est sur mon chemin pour rentrer à l'Hôtel-Dieu.

— C'est une bonne idée que tu as là, s'écria Pibrac. Scaër sera très content de te voir et d'apprendre que son Breton va lui être rendu. Tu lui diras de ma part que c'est Margot qui m'a an-

noncé cet heureux dénouement d'une sotte aventure... Oui, très sotte, car je ne comprends pas
pourquoi il se préoccupe tant de ce paysan per-
verti... un gars du Finistère, qui monte sur les
planches, ne peut pas être grand'chose de bon.

— Ça ne nous regarde pas, dit Margot, mais
puisque Monsieur veut bien aller rassurer le baron sur le sort de son protégé, il devrait profiter
de l'occasion pour lui faire part du mariage de
la fille à Bernage avec le Canadien.

— A quoi bon ?

— Parce que je suis sûre que tu lui as dit des
horreurs de moi, à ton ami. Tu as dû lui raconter
que je t'avais lâché pour ce rastaqouère, et je veux
qu'il sache que ce n'est pas vrai, puisque le rastaqouère se marie... et puis, ça l'embêtera et je
n'en serai pas fâchée. J'ai une dent contre lui.

— Tu as tort. Il ne m'a jamais mal parlé de
toi... et je conseille à l'ami Delle de ne pas se
charger de ta commission.

L'interne fit signe qu'il n'avait garde et se leva
pour partir. On ne le retint pas, et il s'en alla en
promettant de revenir déjeuner un matin avec
les amants réconciliés.

Ce futur docteur ne fut pas plutôt dehors qu'il
regretta de s'être offert pour servir de messager
à l'insouciant Ernest, qui se gênait si peu avec
ses amis ; mais le brave Delle valait mieux que
cet égoïste et il tenait à être agréable à M. de

Scaër, maintenant qu'il savait que M. de Scaër était un gentilhomme irréprochable. Il en avait douté un instant ; il n'en doutait plus.

Il se défiait un peu de l'exactitude des renseignements apportés par Margot et il se demandait s'il n'allait pas causer une fausse joie au maître d'Alain, en lui annonçant une bonne nouvelle qui ne se vérifierait pas, mais il pensa que M. de Scaër lui saurait gré de l'intention.

Il comptait d'ailleurs lui dire de qui il tenait cette information et l'assurer en même temps de son concours empressé pour hâter la sortie du blessé.

De la rue Saint-Arnaud à la place Vendôme, il n'y a pas loin et l'interne arriva en moins d'un quart d'heure à l'hôtel du Rhin.

Il n'y était jamais entré et il fut un peu intimidé par la majestueuse apparence de cette auberge princière qui ne ressemblait pas du tout aux garnis de la rue de l'École-de-Médecine.

Deux équipages très bien tenus stationnaient devant la porte cochère et des valets en livrée allaient et venaient sous la voûte qui précède le grand escalier.

Delle, après avoir un peu hésité, se décida à demander M. de Scaër à un portier imposant qui lui dit que monsieur le baron était chez lui.

Quoiqu'il fût convenablement vêtu, l'interne n'avait pas l'air de faire partie de la jeunesse dorée, et avant de lui répondre, ce concierge avait commencé par le toiser des pieds à la tête, en homme accoutumé à juger les gens sur la mine. Delle l'aurait volontiers battu, mais il se retint, par égard pour Scaër, et il monta en maugréant.

Plus le moment approchait de s'aboucher avec le baron, plus il se repentait d'avoir accepté la mission que Pibrac venait de lui confier.

Delle se disait que Scaër, pour peu qu'il eût le caractère mal fait, pourrait bien trouver mauvais qu'il eût raconté à Pibrac sa visite à l'Hôtel-Dieu. Et, de plus, cette histoire de mariage rompu ne lui paraissait pas claire; la situation avait évidemment des dessous qu'il n'apercevait pas et, en faisant ainsi du zèle, il allait peut-être se trouver mêlé malgré lui à des intrigues où il ne pouvait que se compromettre. Delle était obligeant, mais il n'avait pas de temps à perdre, et peu s'en fallut qu'il ne rebroussât chemin, sans entrer chez l'ami du blessé.

Après avoir franchi deux étages, il s'était arrêté sur le palier et il délibérait encore avant de se décider à sonner à la porte de l'appartement qu'on lui avait indiqué, lorsque cette porte s'ouvrit.

Hervé de Scaër parut, habillé pour sortir, son chapeau sur sa tête et un parapluie sous le bras.

Cette rencontre inopinée tranchait la question. Il n'y avait plus moyen de reculer et Delle en prit son parti d'autant plus facilement que Scaër l'accueillit comme 'on accueille un ami attendu.

— Vous alliez sortir? lui dit l'interne.

— Oui, pour aller vous voir à l'hôpital, répondit Hervé. Vous m'aviez fait espérer que mon
compatriote serait renvoyé ce matin...

— Je viens vous expliquer pourquoi il est encore là-bas.

— Je vous suis bien reconnaissant. Entrez donc,
cher Monsieur.

Delle ne se fit pas prier, et avant que Scaër lui
offrit un siège :

— Vous êtes mieux logé ici que moi à la salle
de garde, dit-il en souriant. Nous étouffons là-
bas et nous y voyons à peine clair en plein midi,
tandis que vous avez du jour et de l'air à profusion... sans compter le plaisir de contempler la
Colonne !

L'interne, en entrant, s'était tout d'abord approché de la fenêtre et se régalait de la vue de
la place Vendôme.

Hervé ne l'avait pas suivi. Il était blasé sur ce
spectacle et il lui tardait de parler d'Alain.

— C'est singulier ! murmura, sans quitter la
fenêtre, M. Delle qui ne regardait plus le bronze
impérial.

— Quoi donc ? demanda Hervé.

—On jurerait que... mais ce n'est pas possible...
l'heure est passée... Je dois me tromper, et pourtant...

Il s'agissait évidemment de quelqu'un que Delle croyait reconnaître, et Hervé trouvait étrange que Delle s'occupât d'un passant, au lieu de lui donner des nouvelles du blessé.

Mais l'interne continuait à marmotter :

— Il sort de l'hôtel du Rhin et il ne me montre plus que son dos... s'il voulait bien se retourner encore une fois, je serais sûr de mon fait, mais je crois bien que c'est lui... il est assez reconnaissable avec ses habits en loques et son bras en écharpe.

A ces derniers mots, Hervé courut à la fenêtre et il y arriva au moment où Delle reprenait :

— Ah ! le voilà qui s'arrête sur l'asphalte qui entoure le piédestal de la colonne... il fait demi-tour... maintenant que je le vois de face, je suis fixé... c'est parfaitement notre homme.

— Alain ! s'écria Scaër.

— Lui-même... et voilà qui me dispense de vous raconter ce que je venais vous apprendre. Je croyais qu'il ne sortirait que demain... il est de-hors... Tout est pour le mieux dans le meilleur des mondes.

Scaër ouvrit précipitamment la fenêtre et se mit à appeler du geste le gars aux biques, lequel, en l'apercevant, venait d'ôter son chapeau pour le saluer.

— Pourquoi ne monte-t-il pas ? disait entre ses dents l'interne.

Alain répondit à l'invitation de son maître par une mimique dont le sens était très clair, quoiqu'il n'eût qu'un bras pour l'exécuter.

Il montrait alternativement la porte cochère de l'hôtel du Rhin et sa propre personne, tout en faisant de la tête un signe négatif.

— Je comprends, reprit l'interne, on n'a pas voulu le laisser entrer, parce qu'il est fait comme un voleur. Ça ne m'étonne pas qu'on l'ait chassé, car c'est tout au plus si le portier m'a permis de passer.

— C'est à moi de descendre, dit vivement Hervé. Vous m'excuserez, n'est-ce pas ?

— Ah ! je crois bien !... et je vais descendre avec vous, car je suis curieux de savoir comment il a eu, au milieu de la journée, l'exeat que je n'ai pas pu obtenir pour lui, ce matin, à la visite.

Scaër était déjà dans l'escalier. Delle suivit. Ils franchirent les marches quatre à quatre, et ils sortirent en courant.

Ce n'est pas à cette allure que vont jamais les gentlemen, soucieux de leur respectabilité.

Seul, au coin de son feu, un lord, à ce qu'on prétend, n'ose pas croiser ses jambes, de peur d'être inconvenant ; à plus forte raison n'en joue-t-il pas devant des inférieurs, alors même qu'il s'agirait de sauver sa vie.

C'est pourquoi cette sortie précipitée scandalisa les courriers-interprètes et autres valets qui flânaient dans le vestibule, y compris le portier qui venait, comme Delle l'avait deviné, d'expulser Alain, et qui sortit de sa loge pour voir où couraient ces messieurs.

Le gars aux biques les attendait au pied de la Colonne, n'osant plus approcher de ce palais où on l'avait si mal reçu.

— Te voilà enfin, mon pauvre gars! lui cria Hervé.

— Oui, notre maître! me voilà. Ah! dame! ça n'a pas marché tout seul, mais ils m'ont lâché tout de même.

— Dites-moi, mon garçon, demanda l'interne, qui est-ce qui a signé votre bon de sortie?

— Ma foi! Monsieur, je ne pourrais pas vous dire... votre camarade est venu dans la salle pour un homme qu'on apportait et qui avait une jambe cassée... pendant qu'on le déshabillait, il s'est approché de mon lit et il m'a interrogé pour savoir si je voulais toujours m'en aller. J'ai répondu que oui. Il m'a commandé de me lever et de m'habiller. Ça n'a pas été long. L'infirmier m'a aidé à remettre mes guenilles. On m'a conduit dans un endroit où il y avait des gens qui écrivaient sur des gros registres et deux messieurs qui causaient dans un coin....

— Le directeur et l'économe, probablement.

— Ils m'ont demandé où j'allais demeurer... J'ai dit que je ne savais pas encore et que j'allais

II.   5.

chercher un garni... là-dessus, ils se sont remis
à parler entre eux et, finalement, ils m'ont laissé
partir. Je suis venu ici tout droit.

— Vous n'avez pas remarqué qu'on vous suivait ?

— Non... je n'ai pas fait attention... mais quand
j'ai voulu monter chez monsieur Hervé, le portier
m'a dit qu'on ne recevait pas les mendiants et
j'ai été obligé de décamper.

— C'est heureux que j'aie regardé par la fenêtre.

— Oh ! je serais resté en faction jusqu'à ce que
j'aie vu sortir mon maître... quand j'aurais dû
coucher là.

— Il vaut mieux que vous couchiez dans un lit.
Vous n'êtes pas encore en état de passer une
nuit à la belle étoile, et d'ailleurs on vous aurait
mis au poste. Je vois maintenant ce qui s'est passé
à l'hôpital. Mon chef de service avait laissé ce
matin un exeat auquel il ne manquait que la date.
La consigne de la préfecture de police a été le-
vée dans la journée. L'interne qui me rempla-
çait a daté l'exeat.

— Mais, demanda Scaër, vous sembliez craindre tout à l'heure qu'on espionnât ce brave garçon... Pourquoi ?

— Oh ! c'est une idée qui m'était venue... je
n'aime pas les policiers et je les crois capables
de tout... je vois maintenant que personne ne l'a

filé, comme ils disent... s'il y avait un mouchard sura place, je l'aurais déjà reconnu... et il ne me reste, cher Monsieur, qu'à prendre congé de vous... après vous avoir dit que Pibrac m'a chargé de vous faire ses amitiés.

— Pibrac !... vous l'avez vu ?...

— Je viens de chez lui, et je l'y ai laissé en joyeuse compagnie... une demoiselle Margot que vous connaissez, je crois.

— Ah !... il s'est remis avec elle?

— Oh ! complètement... et cette aimable personne m'a annoncé que, hier soir, au théâtre du Châtelet, il avait été fortement question de notre blessé. Le régisseur a répondu de lui à un agent qui est venu demander si l'homme qu'on nous a apporté le matin à l'Hotel-Dieu avait fait son service, la veille, au théâtre du Châtelet. Les autres figurants et leur chef ont déclaré qu'il était resté en scène jusqu'à onze heures et qu'au moment où il est parti, la maison brûlait déjà. Il n'y eut jamais d'alibi mieux établi... et l'effet de cette enquête ne s'est pas fait attendre, puisque votre protégé est sorti.

Il a devancé la bonne nouvelle que je vous apportais.

— Je ne puis trop vous remercier, dit Hervé. Enfin, on va laisser en repos ce pauvre garçon !

— Ne vous y fiez qu'à demi. Ces policiers sont

tenaces. Il se pourrait qu'on le surveillât... mais peu vous importe, puisqu'il n'a rien à se reprocher.

Au revoir, cher Monsieur! conclut le brave Delle.

Le gars aux biques et son maître restèrent face à face sur le large trottoir qui entoure la colonne.

— Maintenant, commença Hervé, tu ne me quitteras plus. Je te prends à mon service, je te l'ai dit. Mais il faut d'abord te vêtir proprement. Va t'habiller de pied en cap dans un magasin de confections et cherche un logement pour cette nuit. Moi, je déménagerai demain et nous débarquerons ensemble dans le nouvel hôtel où je m'établirai. Je tiens à t'avoir sous la main, puisque tu vas m'aider à chercher les brigands que j'ai juré de retrouver, et tu ne peux pas loger à l'hôtel du Rhin ; le portier te reconnaîtrait...

— Oh! oui, et vous auriez des ennuis à cause de moi. Voyez plutôt! Il est sorti de sa loge et ils sont là-bas, sous la porte cochère, trois ou quatre qui nous regardent. Ça fait, notre maître, que si vous m'en croyez, nous ne resterons pas à la place où nous sommes.

Le maître fut de l'avis du serviteur et ils passèrent ensemble de l'autre côté du vaste piédestal de la colonne.

Derrière cet écran de bronze, la valetaille

qui les espionnait de loin ne pouvait plus les apercevoir, et avant de se séparer pour se rejoindre le lendemain, ils avaient à convenir de leurs faits.

Agir de concert, c'était bien ; encore fallait-il arrêter un plan de conduite et s'entendre sur la marche à suivre pour atteindre le but.

Scaër n'y avait pas encore beaucoup réfléchi et il n'imaginait rien de mieux que de prendre Alain pour valet de chambre, à seule fin de l'avoir toujours à sa disposition quand il aurait un ordre à lui donner ou une mission à lui confier.

— Ainsi, dit-il, c'est convenu. Tu seras mon domestique.

— Un bien mauvais domestique, murmura le gars en secouant la tête. Je ferai ce que vous me commanderez, notre maître, mais je crois que je vous rendrais plus de services si je n'étais pas au vôtre et que je ne vous compromettrais pas.

— Comment pourrais-tu me compromettre ?

— Dame ! si on me surveille, comme ce bon monsieur nous le disait tout à l'heure, il vaudrait mieux qu'on ne surveillât que moi... c'est déjà trop qu'on m'ait remarqué quand je vous ai demandé à votre hôtel, et vous avez bien raison de dire qu'il ne faut pas que j'y remette les pieds... mais si vous le quittiez, on croirait que c'est à cause de moi.

— Il faudra pourtant bien que je te revoie.

— Oui, mais pas chez vous... ni chez moi, quand j'aurai un logement. Nous nous rencontrerions, tous les deux ou trois jours, dehors... dans des endroits où on ne pourrait pas nous surprendre... chaque fois que je vous verrais, je vous raconterais ce que j'aurais fait depuis notre dernier rendez-vous... et je prendrais vos commandements.

— Bon !... mais que feras-tu sans moi? Tu as donc un projet?

— Oui, notre maître, un projet que je vous expliquerai, et j'espère que vous l'approuverez. Voici ce que c'est...

Hervé attendait la suite et la suite ne vint pas. Alain était resté bouche bée et les yeux fixés sur une voiture qui arrivait du côté de la rue de la Paix, au grand trot de deux superbes chevaux alezans : un landau découvert, un huit-ressorts à quatres places.

Le temps s'était remis au beau depuis la veille et une tiède journée d'hiver avait fait sortir les équipages qui roulaient vers le Bois. C'était, sur les grandes voies qui conduisent aux Champs-Elysées, un défilé, comme jadis à Lonchamp.

Ce spectacle n'intéressait guère Hervé qui s'étonnait de voir le gars aux biques admirer un attelage luxueux.

Il s'aperçut bien vite que Kernoul ne regardait ni les chevaux, ni le majestueux cocher, ni les deux laquais en grande livrée.

Quatre personnes occupaient ce landau si bien tenu. Deux dames assises dans le fond faisaient vis-à-vis à deux messieurs.

Kernoul ne voyait que les dames qui se présentaient à lui de face, puisque le landau débouchait de la rue de la Paix et prenait à droite pour gagner la rue de Castiglione en contournant l'esplanade bitumée qui s'étend au pied de la colonne.

Il passa tout près d'Alain qui fit : « Oh!... et qui, en le suivant des yeux, ne tarda guère à laisser échapper une nouvelle exclamation.

La première était pour les dames, l'autre était pour les messieurs que maintenant le mouvement tournant de la voiture lui montrait de face. Et si Hervé ne se récria pas aussi, c'est qu'il avait moins sujet de s'étonner en apercevant, assis dans le même équipage, M. de Bernage, sa fille Solange, Mme de Cornuel et le monsieur qu'il avait vu, l'avant-veille, descendre à la porte de l'hôtel du boulevard Malesherbes.

Il n'eut pas besoin d'interroger Alain qui lui dit d'un air agité :

— C'est elle!... c'est la Chauvry... la coquine qui nous a amenés dans la maison où ma pauvre Zina a été brûlée.

— Je m'en doutais, murmura Scaër.

— Je ne connais pas l'autre femme... la jeune... mais j'ai reconnu les deux messieurs... le plus vieux vient assez souvent dans les coulisses... celui qui est rasé comme un recteur de chez nous, c'est le voleur du bal de l'Opéra.

— Tu es sûr de ce que tu dis?

— Oh! oui... je l'ai vu d'assez près quand il vous a tombé dessus, à la porte de votre hôtel.

— Comment se fait-il que tu ne l'aies pas remarqué, lui aussi, dans les coulisses? Il y était, le soir du Mardi-Gras.

— Je n'ai pas fait attention à lui... mais aujourd'hui, je ne me trompe pas... c'est bien l'homme qui a volé un portefeuille et qui s'en est débarrassé en le fourrant dans votre poche. Ça ne m'étonne pas qu'il fréquente la Chauvry. Ils doivent être de la même bande.

— Je commence à le croire... et je me demande s'il nous ont vus.

— Je gagerais que non. Leur voiture allait comme le vent... et si la Chauvry m'avait reconnu en passant, elle se serait retournée sur moi... ils causaient entre eux et ils ne regardaient personne.

— Tant mieux! dit entre ses dents Hervé, qui se préoccupait déjà des suites de cette rencontre.

Il n'était pas trop surpris d'avoir vu le Canadien installé dans le carrosse de M. de Bernage. Il ne l'aurait pas été davantage d'apprendre que

Bernage avait choisi pour gendre son ancien complice, et il ne s'étonnait pas outre mesure d'avoir acquis par le témoignage d'Alain la certitude que Mme Chauvry et Mme de Cornuel n'étaient qu'une seule et même personne.

Il s'en doutait depuis deux jours.

Et maintenant qu'il savait à quoi s'en tenir sur tous ces gredins, il allait pouvoir agir, sans hésiter et sans tâtonner.

Il ne lui restait plus qu'à mettre au courant d'une situation nouvelle Mme de Mazatlan qu'il n'avait pas revue depuis la visite qu'il lui avait faite par un temps de neige, et à arrrêter définitivement avec son auxiliaire Alain Kernoul le plan de la campagne qu'ils allaient ouvrir.

— Ne t'amuse pas à chercher cette femme, lui dit-il brusquement; je sais où la trouver et elle ne perdra rien pour avoir attendu. Ce qu'il me faut, c'est la preuve qu'un crime a été commis dans la maison de la rue de la Huchette... je devrais dire deux crimes, car ces scélérats ont brûlé ta pauvre Zina, mais celui-là n'est pas difficile à prouver... l'autre remonte à dix ans... ce sera moins commode... Je me charge de dénoncer les assassins quand j'aurai de quoi les convaincre... et pour cela, j'ai besoin de toi... Explique-moi ton projet; que comptes-tu faire?

— Peau neuve, d'abord, répondit nettement Alain. Je vais commencer par m'acheter une blouse, une cotte et une casquette... comme un ouvrier... je me logerai dans un garni du côté de la place Maubert... je me ferai couper les cheveux et je laisserai pousser ma barbe... je veux que personne ne me reconnaisse...

— Et ton épaule démise ?

— On me l'a très bien remise à l'hôpital ; je n'en souffre plus et, demain, je ne porterai plus mon bras en écharpe.

— Très bien... et après ?

— Après, je trouverai bien un moyen d'entrer dans la maison qu'ils ont détruite par le feu. Le secret est là.

— Tu tiens à opérer seul ?

— Je vous ai dit pourquoi. Si vous vous en mêliez, je ne ferais pas mieux et vous n'avez pas besoin de moi pour découvrir les assassins, puisque vous les connaissez... Laissez-moi l'autre besogne... je ne vous demande pas plus de trois jours pour m'y mettre. C'est aujourd'hui vendredi. Voulez-vous que mardi soir, à dix heures, je vous attende sous le pont de la Tournelle ?

— Comment, sous le pont ?... tu veux dire sur le pont.

— Non, notre maître, sous la première arche, du côté du quai de Béthune, dans l'île Saint-Louis. J'y ai pêché à la ligne et je connais l'endroit. C'est une bonne place pour causer sans être dérangés...

— Et pour se faire assommer par des rôdeurs...
mais j'aurai mon revolver... va pour la première
arche, puisque tu y tiens !

Maintenant, tu n'irais pas loin sans argent.
Je vais t'en remettre.

— Ce n'est pas la peine, notre maître. Je n'ai
pas encore changé le billet de cent francs que
vous m'avez donné mardi, et j'ai eu la chance
qu'il n'a pas brûlé dans ma poche... On l'y a
trouvé quand on m'a déshabillé à l'hôpital, et
on me l'a rendu avant de me laisser sortir. Je
crois bien que ça les étonnait de voir que j'étais
si riche, mais ils ne m'ont pas demandé où je l'a-
vais pris... heureusement, car j'aurais été obligé
de dire qu'il me venait de vous... c'est déjà bien
assez que l'interne et la sœur Sainte-Marthe
sachent que vous vous intéressez à moi...

— Je ne m'en cache pas.

— Je le sais bien, notre maître ; mais si la
police me faisait des misères, je ne voudrais pas
que le nom de Scaër fût mêlé à ces vilaines his-
toires-là.

Hervé ne put s'empêcher de sourire de la
sollicitude de ce brave garçon qui se préoccupait
de l'honneur du nom de son maître plus que
ce maître lui-même, mais il ne put pas s'empêcher non plus de lui en savoir gré, et il s'affermit
dans la résolution qu'il venait de prendre de lui
laisser carte blanche.

— Ne te tourmente pas de cela, mon gars, lui dit-il affectueusement, et puisque tu le veux, opère de ton côté, pendant que je travaillerai d'une autre façon. Séparons-nous donc jusqu'à mardi soir...

— A dix heures, acheva Kernoul, comme un soldat qui répond au mot d'ordre.

Et il fila rapidement vers le boulevard, afin d'éviter de passer devant l'hôtel du Rhin.

Hervé le suivit un instant des yeux, et en rebroussant chemin pour rentrer chez lui, il n'aperçut pas de figures suspectes.

Il s'en allait rassuré, sans songer que la place Vendôme est immense et qu'à Paris les espions savent se cacher, fût-ce au milieu du Champ de Mars.

III

Sur mer, aux plus violentes tempêtes succède assez souvent un calme plat. De même, à Paris, il arrive que les événements se précipitent pendant quelques jours et puis que tout à coup les choses reprennent pour un temps leur cours ordinaire.

Il faut bien qu'un drame ait des entr'actes, mais au théâtre le dénouement n'est jamais remis au lendemain, tandis que, dans la vie réelle, on l'attend parfois des mois et même des années.

Ainsi, le drame auquel le dernier des Scaër se trouvait mêlé avait commencé en 1860 par un sanglant prologue; on était en 1870 et rien n'annonçait encore qu'il dût bientôt finir.

Après une semaine fertile en péripéties et en catastrophes, Hervé, depuis la résurrection d'Alain Kernoul, venait de passer bien des heures paisibles.

Il s'était remis de tant de violentes émotions et il n'aurait tenu qu'à lui de les oublier pour songer à se refaire une existence à l'abri des orages.

Un égoïste comme Pibrac n'y aurait pas manqué; et si Hervé se fût décidé à ne plus s'occuper que de lui-même, il n'aurait pas eu grand'chose à se reprocher, car il n'était pas personnellement intéressé à continuer la guerre déclarée à des ennemis puissants et dangereux.

Venger la mort — problématique — d'une enfant qu'il avait à peine eu le temps d'aimer et la mort d'une pauvre créature qu'il n'avait vue qu'une seule fois, ce n'était pas un but auquel il fût tenu de sacrifier son avenir.

Il lui en coûtait déjà assez cher d'avoir pris parti pour les victimes, puisqu'il avait payé de sa ruine sa généreuse conduite.

Il aurait pu s'en tenir là, rassembler les débris de sa fortune et partir pour en conquérir une autre à l'étranger.

Rien ne l'empêchait d'emmener Alain qu'il ne voulait pas abandonner et qui n'avait plus rien à faire à Paris, ni à Trégunc, puisque Zina était morte.

Mais Hervé avait promis à Mme de Mazatlan de rester pour l'aider à rassembler les preuves d'un crime que la prescription allait bientôt couvrir. C'était une dernière partie à jouer, et qu'il la gagnât ou qu'il la perdît, Hervé aurait tenu parole à une femme qui avait fait sur lui une profonde impression.

Après les incidents de la journée du vendredi,

Hervé, en quittant le gars aux biques sur la place
Vendôme, avait couru chez la marquise qu'il n'a-
vait pas vue depuis le mercredi des Cendres et,
n'ayant plus rien à lui cacher, il lui avait tout
dit; tout, même la scène entre lui et Mlle Solange, sous la neige et en flacre, jusques et y compris la rencontre du prétendu Canadien devant la
grille de l'hôtel du boulevard Malesherbes.

Sur quoi, Mme de Mazatlan s'était mise à plaindre Mlle de Bernage livrée à un misérable qui
vendait son silence à son complice en exigeant
que ce complice lui sacrifiât sa fille.

Scaër s'était écrié que si Mlle de Bernage avait
eu du cœur, elle aurait refusé de se prêter à ce
honteux marché, mais il avait su gré à la marquise du sentiment qu'elle exprimait et il s'était
juré de plus belle de lui obéir en toutes choses.

Elle n'en restait pas moins pour lui une énigme
vivante, cette adorable femme qui ne pouvait pas
ne pas voir qu'il commençait à l'aimer et qui ne
faisait rien pour l'encourager ni pour le décou-
rager.

Elle ne lui donnait que des conseils : entre autres celui de laisser faire Alain et de la tenir au
courant de ce qu'il ferait, mais de ne plus s'occuper de Bernage et de sa bande, jusqu'au jour où
elle jugerait qu'il était temps d'agir.

En revanche, elle avait autorisé Scaër à venir

la voir aussi souvent qu'il voudrait et il usait largement de la permission.

Il n'avait pas manqué une seule fois d'arriver
chez elle à trois heures, et il était toujours reçu,
sinon familièrement, du moins affectueusement.
Il n'osait pas lui parler d'amour, mais il pouvait
se convaincre qu'il ne lui était pas indifférent et
que l'heure viendrait peut-être où elle lui facili-
terait un aveu.

Qu'attendait elle? Hervé eut l'idée que le souvenir d'Héva Nesbitt la retenait.

Elle n'avait pas la certitude absolue que la pauvre Héva était morte, et elle hésitait à s'attacher
à l'homme que son amie d'enfance avait aimé.

Et s'il s'abstenait de la presser en se déclarant,
c'est qu'il craignait qu'elle ne le soupçonnât de
vouloir l'épouser pour sa fortune, quoiqu'il eût
fait tout récemment ses preuves de désintéresse-
ment.

Un mariage avec l'opulente veuve du marquis
de Mazatlan eût été très bien assorti, alors qu'il
était encore le seigneur de Scaër, châtelain et
propriétaire foncier.

Maintenant, à la veille d'être dépossédé de ses
terres, ce mariage aurait eu l'air d'une spécula-
tion.

Il venait de passer par-dessus le même incon-
vénient en se fiançant à la fille d'un spéculateur
enrichi et il n'avait pas eu le bénéfice de cette

concession, puisque la mésalliance ne s'était pas accomplie.

Aussi, n'était-il tenté qu'à demi de courir encore une fois la même chance.

Il ne se pressait donc pas et il se laissait vivre, heureux d'oublier près de la marquise que sa situation était plus tendue que jamais.

Tout contribuait d'ailleurs à l'endormir dans les délices de ses visites quotidiennes à l'hôtel de la rue Guyot.

Le gars aux biques ne donnait pas signe de vie, l'interne n'avait pas reparu, et Pibrac, qui sans doute était tout à Margot, Pibrac ne s'était pas montré.

Solange n'avait pas renouvelé son escapade du mercredi des Cendres, et si elle continuait à sortir en huit-ressorts avec son nouveau prétendu, Scaër ne l'avait plus rencontrée.

Il attendait donc tranquillement le moment où il devait s'aboucher avec Alain et, du vendredi au mardi, le temps ne lui parut pas trop long.

Quand arriva le jour du rendez-vous sous le pont de la Tournelle, il était tout prêt à reprendre du service actif après un repos qui l'avait retrempé.

Il ne doutait pas qu'Alain eût bien employé le congé qu'il avait demandé et il espérait que le gars lui apporterait des informations qui lui permettraient de marcher droit au but.

II. 6

En attendant, il continuait à habiter l'hôtel du Rhin , quoiqu'il se fût aperçu que le portier le regardait d'une certaine façon, depuis la malencontreuse visite du Cornouaillais en loques.

Évidemment, ce portier les avait vus conférer ensemble, au pied de la Colonne, et la considération qu'ils avaient pour le baron de Scaër n'était plus la même.

Scaër d'ailleurs n'avait pas remarqué qu'on l'espionnât, quoiqu'il *ouvrît l'œil*, comme le lui avait conseillé l'interne. L'homme rasé ne s'était plus trouvé sur son chemin , et cela par l'excellente raison que l'homme rasé, étant devenu le gendre accepté de M. de Bernage, n'avait plus besoin de faire l'agent de police pour surveiller un rival évincé.

Il ne s'était pas montré non plus au cercle et, quoi qu'en dît Pibrac, on pouvait douter que son futur beau-père l'y présentât, car lui-même n'y venait plus depuis quelques jours.

Hervé le savait, parce qu'il s'en était informé en y déjeunant le mardi matin, et Hervé eût été surpris qu'il en fût autrement.

Bernage ne devait pas rechercher les occasions de rencontrer un homme qu'il avait offensé en rompant brutalement un mariage arrêté depuis six mois.

Après ce déjeuner prémédité, Hervé avait lu

les journaux pour voir s'il y était question de
l'incendie, et il y avait trouvé une indication in-
téressante, parmi beaucoup de renseignements
insignifiants.

Une de ces feuilles, mieux informée que les
autres, affirmait que la maison brûlée appartenait à un étranger, absent depuis bien des années de Paris où il n'avait pas laissé de représentant, et que, faute de pouvoir le mettre personnellement en demeure de démolir les murs qui
menaçaient ruine, l'autorité allait d'office faire
raser ce qui restait debout de l'édifice détruit.

La feuille bien informée ne donnait pas le nom
du propriétaire, mais elle mentionnait une par-
ticularité assez curieuse.

Ce propriétaire, qui laissait son immeuble à
l'abandon, envoyait chaque année, au mois de
mars et par lettre chargée, une somme plus forte
que le montant de ses impositions dont il ne
connaissait pas le chifre exact, puisqu'on ne savait où lui adresser les avertissements.

On ne lui envoyait pas non plus les quittances,
puisqu'on ne connaissait pas le lieu de sa rési-
dence qui, du reste, changeait souvent, car les
lettres chargées ne venaient presque jamais du
même pays.

Il en arrivait de toutes les parties du monde,
l'Europe exceptée. Cet original s'en rapportait
à la bonne foi du percepteur qui n'abusait pas

sa confiance, et l'État ne s'était jamais plaint de ce contribuable exemplaire qui s'acquittait par avance.

Le renseignement que Scaër avait inutilement essayé d'obtenir au bureau des contributions lui arrivait ainsi de la façon la plus inattendue, et ce renseignement s'accordait avec les suppositions auxquelles Scaër s'était arrêté.

Le propriétaire absent devait être Georges Nesbitt et les impôts étaient payés sous son nom par M. de Bernage qui avait des correspondants partout, et qui tenait beaucoup à éviter que la maison fût saisie et vendue à la requête des agents du fisc, faute de paiement des impôts.

Le journal ne disait pas si elle était assurée, ni si le feu y avait été mis volontairement, mais sur ce dernier point, le doute n'était plus possible : l'incendie n'était pas accidentel et l'incendiaire avait agi par ordre de Bernage qui, fatigué peut-être de payer, s'était décidé à détruire la maison pour anéantir la preuve matérielle d'un crime.

S'il y avait un cadavre sous les ruines, il y resterait, à moins que l'assassin ne profitât de l'événement pour le faire disparaître.

C'était precisément ce qu'il fallait empêcher, et Hervé ne voyait pas encore comment il s'y prendrait pour devancer les assassins, s'ils tentaient quelque opération de ce genre.

Une semaine s'était écoulée depuis le sinistre. Ils avaient donc eu six nuits pour essayer.

Il est vrai que les premières journées ne leur avaient pas été propices. Les pompiers étaient restés soixante heures et plus sur le terrain à inonder d'eau les ruines fumantes. Après les pompiers étaients venus les sergents de ville pour surveiller les décombres. Le commissaire de police les avait inspectés et on avait dû y faire des rondes aussi bien la nuit que le jour.

Mais aussi la surveillance avait dû se relâcher depuis qu'on avait organisé un service d'ordre, et très probablement il ne restait plus là que des plantons, comme on en met pour garder les constructions inachevées.

Les assassins avaient donc pu s'introduire dans la maison, et d'ailleurs rien ne démontrait qu'ils n'eussent pas opere avant l'incendie, alors qu'ils pouvaient entrer comme ils voulaient, leur gérante ayant certainement gardé les clés de toutes les portes.

Quoi qu'il en fût, Hervé devait se hâter et il n'attendait pour agir que de s'être remis en contact avec Alain qui allait lui apporter un concours précieux et peut-être des indications utiles. Mais l'heure n'était pas venue de le rencontrer et, après une longue station au cercle, il s'achemina pédestrement vers l'hôtel de la marquise.

Si Hervé se rendait, à l'heure où il avait accou-

tumé d'y aller, chez Mme de Mazatlan, ce n'était
pas qu'il se proposât de lui parler de son projet
d'entrer en action, le soir-même.

Il aurait craint de faire naître en elle des espé-
rances qui peut-être ne se réaliseraient pas, et
aussi de l'inquiétude, car il ne doutait pas qu'elle
s'intéressât assez à lui pour se préoccuper du
danger qu'il allait courir.

Il comptait se borner à lui dire qu'il devait très
prochainement voir Alain Kernoul et il voulait
profiter de l'occasion pour lui demander si, de
son côté, elle n'avait rien appris de neuf.

Il s'était aperçu qu'elle évitait de l'entretenir
de l'emploi qu'elle faisait de son temps, et comme
elle l'avait prié de ne plus s'occuper de ce qui se
passait à l'hôtel de Bernage, il se figurait qu'elle
menait sans bruit une enquête dont elle se réservait de lui faire connaître le résultat lorsqu'elle
aurait abouti.

Il aurait préféré une entente complète, mais il
ne pouvait pas se permettre de réclamer contre
le système qu'elle avait cru devoir adopter, et il
ne la soupçonnait pas de s'occuper d'autre chose
que de venger la mort d'Héva Nesbitt en livrant
à la justice les scélérats qui l'avaient assassinée.

Il se proposait donc de s'en tenir à des questions
discrètes et de ne pas insister si la marquise ne
paraissait pas disposée à y répondre.

Il prépara même, chemin faisant, celles qu'il voulait lui poser, mais il en fut pour sa peine, car, en arrivant r.ie Guyot, il trouva, à la porte de l'hôtel, le fidèle Dominguez qui lui dit que Mme de Mazatlan venait de sortir en voiture et qu'elle ne rentrerait que pour dîner.

Elle avait chargé son intendant de prier M. de Scaër de bien vouloir l'excuser de ne le recevoir que le lendemain.

Il n'y avait vraiment pas de quoi s'étonner que la marquise eût profité du beau temps pour aller au Bois, et le soin qu'elle avait pris de faire savoir à Hervé qu'elle l'attendrait, le jour suivant, témoignait assez que ses bonnes dispositions n'avaient pas changé.

Hervé eut cependant comme un pressentiment qu'on lui cachait quelque chose, mais il n'était pas homme à interroger un domestique.

Il se borna à répondre qu'il regrettait beaucoup de ne pas l'avoir rencontrée, qu'il ne manquerait pas de se présenter demain, à la même heure, et qu'il espérait être plus heureux.

C'était un contre-temps, mais il en prit assez facilement son parti en se disant qu'il valait mieux ne la voir qu'après avoir vu le gars aux biques, car il serait moins gêné pour s'expliquer lorsqu'il saurait ce qu'on pouvait attendre du concours d'Alain et il aurait peut-être à annoncer à sa charmante alliée des résultats acquis.

Il rebroussa chemin, et comme il avait à perdre tout le reste de la journée, il entra au parc Monceau pour s'y asseoir au soleil en réfléchissant à sa situation.

Un ciel clair et l'approche du printemps y avaient attiré de nombreux promeneurs, et beaucoup de familles bourgeoises s'alignaient en espalier le long des grandes allées où les enfants jouaient comme pendant la belle saison.

Hervé cherchait une place moins fréquentée quand il aperçut, assis en rond au détour d'un sentier écarté et causant avec vivacité, M. de Bernage, M. Ricœur de Montréal et Mme de Cornuel.

Ils lui tournaient le dos ou à peu près, et ils ne le voyaient pas, mais il les reconnut, lui, à leurs prestances, à un bout de favori qui dépassait le profil perdu de Bernage, à la taille carrée de son futur gendre et à un certain cachemire ajusté que la gouvernante mettait toujours pour sortir quand il ne faisait ni trop froid ni trop chaud.

S'il eût cédé à son premier mouvement, il se serait hâté de passer outre. L'idée lui vint, non pas de se cacher pour entendre ce qu'ils disaient, mais de les observer de loin.

Un gentleman qui se respecte n'écoute pas aux portes, ni à travers un massif de verdure, ce qui reviendrait au même ; il peut bien se permettre de suivre des yeux les gestes de gens qui ne savent pas qu'il les regarde.

C'est de l'espionnage à distance et Scaër tran-
sigea avec ses principes, sous prétexte que, dans
certains cas, certaines capitulations de conscience sont excusables.

Il commença par exécuter un mouvement tournant qui l'amena derrière un rideau d'arbustes
verts, assez éloigné du groupe pour que les propos qui s'échangeraient n'arrivassent pas à ses
oreilles, et assez clairsemé pour lui offrir des
échappées de vue, tout en le couvrant assez pour
que les causeurs ne s'aperçussent pas qu'il était là.

Il y prit position sur le même banc qu'une nour-
rice serrée de près par un fantassin qui lui disait
des douceurs et qui ne s'inquiéta pas de ce bourgeois nouveau venu.

En se tassant sur lui-même, Hervé trouva des
joints entre les branches et put ne rien perdre de
la pantomime qui l'intéressait.

C'était, pour le moment, Bernage qui avait la
parole, et il appuyait son discours de gestes très
marqués, scandant ses phrases d'énergiques mouvements de main, de haut en bas, comme on en
fait pour appuyer une admonestation.

M. Ricœur, moins démonstratif, se contentait
d'approuver par des hochements de tête affir-
matifs.

Mme de Cornuel s'agitait encore moins : à
peine, de temps à autre, un haussement d'épaules
ou un geste de protestation.

Elle avait tout l'air d'être sur la sellette et de dédaigner de se défendre contre les accusations ou les reproches des deux hommes qui semblaient s'être constitués en tribunal, avec Bernage pour ministère public et le Canadien pour juge unique.

Quel crime pouvaient-ils bien imputer à cette femme qui possédait probablement tous leurs secrets et qui ne paraissait pas s'émouvoir beaucoup de leurs objurgations ?

Des crimes ? ils avaient dû en commettre ensemble et, entre complices, on ne se malmène pas ainsi.

Il s'agissait sans doute d'une faute qu'elle avait faite dans l'exécution de quelque plan ténébreux ; une faute grave, puisque la réprimande était vive, et cette faute, Hervé croyait deviner en quoi elle consistait.

Mais pourquoi s'avisaient-ils de tenir leurs assises au milieu d'un jardin ouvert à tout venant, au lieu de délibérer dans quelque salon de l'hôtel du boulevard Malesherbes ?

Hervé conjectura qu'ils tenaient à ne pas être dérangés par Mlle de Bernage qui chez son père avait ses coudées franches, et qui ne s'était peut-être pas soumise aussi complètement que pouvaient le faire supposer ses promenades en voiture avec M. Ricœur de Montréal.

Ce qu'il y avait de certain, c'était qu'on ne

l'avait pas convoquée à ce conseil de famille en
plein vent, et très probablement on y traitait des
sujets qui passaient sa compétence.

La discussion se prolongeait, mais peu à peu
elle devint moins animée. Mme de Cornuel, sans
gesticuler et sans élever la voix, produisit sans
doute des justifications qui calmèrent son vieil
ami Bernage, car il cessa de pérorer pour l'écouter
avec une attention soutenue et elle finit par
tenir le dé de la conversation, c'est-à-dire
qu'à elle seule, elle parlait beaucoup plus que
ses deux interlocuteurs, car le futur gendre
se taisait et le futur beau-père risquait par ci,
par là, quelques objections, pendant qu'elle expo-
sait un plan qui vraisemblablement leur sou -
riait.

Scaër bénissait le hasard qui l'avait conduit
là tout à point pour surprendre ce trio en flagrant
délit de conciliabule, et s'il n'avait rien entendu,
il comptait bien mettre à profit ce qu'il avait vu.

Les geñs qu'il épiait ne s'étaient pas encore
doutés de sa présence et il ne craignait pas qu'ils
le découvrissent dans son embuscade, car ils
n'auraient pas pu passer de front dans l'étroite
allée où il se tenait, et si, par impossible, ils
avaient pris ce chemin pour s'en aller, il en eût
été quitte pour s'accouder sur ses genoux en
baissant le nez et en cachant son visage.

En prévision de ce cas et afin d'essayer cette

posture, il s'était mis à tracer avec le bout de sa canne des ronds sur le sable.

Le colloque prit fin et les causeurs se séparèrent. Bernage et le soi-disant Canadien regagnèrent la grande allée centrale qui traverse le parc d'un bout à l'autre, tandis que Mme de Cornuel, prenant une direction tout opposée, s'acheminait vers le boulevard de Courcelles.

Évidemment, ils s'étaient mis d'accord avant de clore l'entretien et ils allaient maintenant agir de concert.

Hervé les laissa s'éloigner, et vingt minutes après leur départ, il s'en alla, sans se presser, par l'avenue Hoche, qui s'appelait alors l'avenue de la Reine-Hortense.

Il avait pris ce chemin afin d'éviter de rencontrer les conjurés qui venaient de se disperser, et comme rien ne le pressait, il monta jusqu'à la la place de l'Étoile pour rentrer dans Paris en descendant l'avenue des Champs-Élysées.

Elle regorgeait d'équipages, de cavaliers et de promeneurs élégants, cette magnifique avenue par laquelle devaient passer, l'année suivante, les Allemands vainqueurs.

Personne alors ne songeait à la guerre et Paris n'avait jamais été si brillant. On se ruait au plaisir, comme si la fin du monde eût été proche, et pourtant nul n'avait le pressentiment des malheurs qui allaient fondre sur la France.

Hervé moins que tout autre, et, en ce moment, il pensait beaucoup plus au présent qu'à l'avenir.

Il cherchait à deviner ce que ses trois ennemis avaient pu se dire pendant cette conférence au parc Monceau et surtout ce qu'ils allaient faire.

Certainement, ils venaient d'arrêter un plan de campagne et ils ne perdraient pas de temps pour l'exécuter.

Mme de Cornuel devait coopérer à l'exécution, ce n'était pas douteux. Peut-être même était-ce elle qui l'avait conçu, ce plan adopté, après discussion, par ses deux complices.

Ils lui avaient reproché d'abord une fausse manœuvre, mais elle s'était disculpée, et elle en avait proposé d'autres qui répareraient l'erreur commise et qui assureraient le succès final.

Quel but visaient-ils et contre qui allaient-ils tourner les armes dont ils disposaient ?

Évidemment, contre Scaër et contre Mme de Mazatlan qui les gênaient ; peut-être aussi contre Alain, que la Cornuel connaissait bien et qui pouvait devenir dangereux ; mais ils ne devaient pas tenir à les exterminer. Ils avaient déjà assez de méfaits à cacher, et ils ne supprimeraient pas impunément ces trois personnes comme ils avaient fait disparaître jadis Héva Nesbitt, sa mère et son oncle. Il leur suffisait de les surveiller.

Leur but, c'était d'effacer les traces des crimes

II.   **7**

de 1860, en attendant que la dixième année fût révolue.

Il s'en fallait de quelques mois seulement et, après, ils n'auraient plus rien à redouter de la justice.

Ces traces, on les trouverait dans la maison de la rue de la Huchette, si l'incendie ne les avait pas anéanties.

C'était là que les coupables allaient opérer.

Il s'agissait de les gagner de vitesse.

Ces raisonnements occupèrent Hervé jusqu'à l'heure où il dut songer à ne pas manquer le rendez-vous pris avec Alain Kernoul.

Il dîna seul dans un restaurant des Champs-Élysées, peu fréquenté pendant l'hiver : il dîna longuement, et, réconforté par un repas arrosé de grands vins, il se dirigea par les quais vers le pont de la Tournelle.

La nuit était noire et le temps s'était refroidi. Hervé cheminait à contre-vent sur des quais exposés à toutes les bises. Il avait déjà beaucoup marché dans la journée et le trajet lui parut long.

Il pestait même contre Alain qui lui avait donné rendez-vous à l'autre bout de Paris, alors qu'il aurait pu choisir le fond de la place du Carrousel aussi désert, le soir, que les dessous du pont de la Tournelle et moins périlleux. Il se dit pourtant que le gars aux biques ne faisait

rien sans réflexion et qu'il devait avoir eu de
bonnes raisons pour préférer les bords de la Seine.

Hervé, du reste, s'était précautionné dès le
matin contre les inconvénients et contre les
dangers d'une conférence nocturne sur une berge
écartée, en plein hiver. Il s'était vêtu chaude-
ment, il avait mis dans sa poche un revolver
chargé et il tenait à la main une canne solide.

Ainsi équipé, il pouvait braver les intempéries
et il ne craignait personne.

Il était d'ailleurs décidé à jouer sa vie, s'il le
fallait, pour atteindre son but qui était de dé-
masquer les assassins d'Héva en découvrant la
preuve matérielle de leur crime.

Il arriva sans incident à la pointe de l'île
Saint-Louis et dix heures sonnaient à l'horloge
de l'Hôtel de Ville quand il s'engagea sur le
quai d'Orléans, qui précède le quai de Béthune.

A dix heures du soir, le boulevard des Italiens
est aussi animé qu'en plein jour, mais dans l'île
Saint-Louis tout le monde dort. Pas une boutique ouverte, si tant est qu'il y ait des boutiques sur ce quai où les chalands sont rares, pas
une fenêtre éclairée, pas un passant attardé.

La rivière même était silencieuse et sombre.
La navigation cesse aussitôt que le soleil est
couché et à bord des bateaux amarrés le long des
rives, les mariniers éteignent leurs falots à l'heure
où jadis on sonnait le couvre-feu.

— Allons! se dit Hervé, personne ne dérangera notre entrevue... et ce n'est pas ici comme au parc Monceau... on ne pourra pas nous épier sous l'arche, comme j'ai épié tantôt ces coquins sous l'orme... il me paraît qu'il y fait noir comme dans un four, sous ce pont... Pourvu que le gars ne se fasse pas attendre !...

Le seigneur de Scaër monologuait ainsi en descendant la rampe qui allait du quai à la berge. Quand il fut au bas, il lui sembla voir quelque chose remuer dans l'ombre projetée par le pont et il mit la main sur son revolver.

Mais un appel connu des Bretons frappa son oreille : le chant du hibou, qui fut le cri de ralliement des Chouans et qu'on n'entend jamais à Paris.

Hervé comprit que c'était Alain qui s'annonçait ainsi et il ne se trompait pas, car le gars aux biques, sortant de son embuscade sous la voûte, s'avança vivement à la rencontre de son maître.

— Comment diable ! t'y es-tu pris pour me reconnaître ? lui demanda Hervé. On n'y voit goutte.

— J'y vois la nuit comme les chats-huants, répondit Alain.

— Et tu les imites dans la perfection. Tu as bien fait de chanter, car je te prenais pour un rôdeur et je me préparais à te recevoir en te

brûlant la figure, dit Scaër en exhibant son revolver.

— Je l'ai bien pensé et c'est pour ça que je me
suis annoncé de loin. Il pourra servir, votre pistolet.

— Contre qui ? Est-ce qu'on t'a suivi ?

— Je ne crois pas, mais là où nous allons, il
fera bon être armé. J'ai apporté une trique...

— Où veux-tu donc me mener ?

— Dans la maison brûlée, notre maitre. N'était-
ce pas convénu !

— Tu as découvert un moyen d'y entrer ?

— Un moyen sûr. J'ai passé toute la nuit dernière
dans la cour. Ah ! je n'ai pas perdu mon temps
depuis que je vous ai quitté sur la place Vendôme ! D'abord, j'ai trouvé un logement rue des
Grands-Degrés, tout près de la rue de la Huchette... et puis je me suis habillé comme vous
voyez.

Le gars aux biques portait, sous une limousine
de roulier, un bourgeron bleu serré à la taille
par une ceinture rouge qui maintenait un
pantalon de velours à l'instar des charbonniers
auvergnats, il avait chaussé de gros souliers à
clous et il s'était coiffé d'un chapeau à larges
bords comme les forts de la halle.

— Je gagerais que le chef de la figuration du
Châtelet ne me reconnaîtrait pas, s'il passait à
côté de moi dans la rue, reprit Alain.

—C'est très bien, mais...

— Je me suis *pouillé* comme ça pour faire des connaissances dans le quartier... autour de la place Maubert... et j'en ai fait... j'ai aidé les maraîchers qui viennent au marché à décharger leurs voitures et les débardeurs du quai de la Tournelle à décharger les bateaux... j'ai fréquenté la *bibine* de la rue des Anglais.

— La *bibine ?* répéta Scaër.

— Oui, c'est un cabaret où il n'y a que des ivrognes et des voleurs.

— Et pourquoi mènes-tu cette jolie vie ?

— Pour faire peau neuve... et j'y ai réussi. Je vais et je viens rue de la Huchette... je passe sous le nez de cette crémière qui m'a dénoncé et elle ne me regarde seulement pas.

— Comment as-tu pu t'introduire dans la maison et y coucher ?

— Y coucher, ça n'est pas le mot. Je suis resté assis toute la nuit sur un tas de moellons et je n'ai pas dormi une minute. Voilà ce que c'est... depuis deux jours, les sergents de ville sont partis et on a mis là pour garder les décombres un vieux cantonnier qui a été soldat. Il aime à boire et je lui ai payé des litres chez le marchand de vins... nous sommes maintenant une paire d'amis. Hier soir, je me suis arrangé pour le rencontrer, comme il arrivait prendre sa faction et je lui ai demandé s'il voulait me permettre de me chauf-

fer au feu qu'il allume au milieu de la cour...
J'avais dans ma poche une bouteille d'eau-de vie
que je lui ai montrée... Il a bu tant qu'il a voulu
et il ne demande qu'à recommencer.

— Alors, tu crois que, moi aussi...

— Si vous arriviez avec moi, il se méfierait à
cause de vos beaux habits. Il faudra attendre
qu'il soit ivre-mort. Ça ne sera pas très long. Et
quand il n'aura plus sa connaissance, je viendrai
vous chercher. On a posé une barrière à la place
de la porte qui a brûlé, mais je sais l'ouvrir...
et je vous l'ouvrirai.

— Ce soir ?

— Dans une heure, si vous voulez, car une
fois que nous serons dans la maison, nous aurons
de la besogne, et ce ne sera pas trop du reste de
la nuit pour y faire des fouilles. C'est le bon
moment pour y aller.

— N'est-ce pas trop tôt ?

— Non, notre maître. Les débits ferment à
dix heures... personne ne nous verra... et d'ailleurs, vous resterez un peu en arrière quand
nous approcherons de la maison... vous m'at-
tendrez dans la rue du Chat-qui-Pêche, et pour
saouler le père Crochet, il ne me faudra pas plus
de trente à quarante minutes... On boit dur au
pardon de Trégunc, mais jamais je n'ai vu boire
comme ce vieux-là... il viderait un litre de trois-

six d'un coup... il n'a pas besoin de gobelet...
il avale ça à la *régalade*.

— Pourvu qu'on ne l'ait pas remplacé depuis
hier ?...

— Non... non... je l'ai rencontré tantôt, à
la brune, dans la rue de la Bûcherie... il s'en allait à son poste et il voulait m'emmener avec
lui... il a fallu que je lui promette de venir lui
dire bonsoir quand j'aurais fini ma journée. Il
compte sur une autre tournée d'eau-de-vie et je
suis sûr qu'il languit déjà de ne pas me voir
arriver.

— Partons, alors ! Le chemin est libre, je suppose ?

— Voyez ! notre maître... pas une âme !... nous
sommes seuls ...

— Non. Il y a quelqu'un là-haut.

Les becs de gaz du quai éclairaient le buste
d'un homme accoudé sur le parapet du pont.

— Oh ! murmura Kernoul, c'est un bourgeois
qui prend l'air.

L'homme disparut et Alain reprit :

— Le voilà parti, il ne s'occupait pas de nous,
et je crois bien qu'il ne nous a pas vus. Il faudrait
qu'il eût de bons yeux.

— Les mouchards en ont d'excellents.

— Pas meilleurs que les miens, notre maître,
et j'ai eu beau les ouvrir depuis trois jours, je
n'ai vu personne sur mes talons. Si la police fai-

sait suivre quelqu'un, ce ne serait pas vous, ce serait moi. Et puisqu'on ne m'a pas suivi, nous pouvons marcher.

— Eh bien ! marchons ! dit Hervé.

Il reprit vivement, comme un homme qui se ravise tout à coup :

-- Et ton épaule démise !... Tu n'as plus le bras en écharpe ?

— Non, Dieu merci !... Je ne m'en sers pas encore comme auparavant, mais ça ne tardera pas et, en attendant, je m'apprends à manier mon bâton de la main gauche.

— Tu ferais mieux de te soigner. L'interne te l'a recommandé.

— Je me soignerai quand nous en aurons fini avec ces *faillis* chiens.

— Alors, en route !

Le maître et le serviteur remontèrent ensemble sur le quai, traversèrent le pont où il n'y avait plus personne et suivirent le quai de la Tournelle jusqu'a l'entrée du pont de l'Archevêché.

Là, Alain, tournant à gauche, s'engagea dans une petite rue en pente.

— C'est ici que je loge, dit-il en montrant du doigt une maison noire et une porte bâtarde au-dessus de laquelle se balançait une lanterne jaune portant cette inscription : « Ici, on loge à la nuit. »

Hervé se dit que le gars aux biques avait élu

II.   7.

domicile dans une véritable souricière où il était sans cesse exposé à une visite de police, mais il garda sa réflexion pour lui.

La rue des Grands-Degrés qu'ils avaient prise donne dans la rue de la Bûcherie, qui aboutit à la rue de la Huchette dont elle n'est que le prolongement.

— Vous voyez que nous ne serons pas dérangés, notre maître, dit Alain quand ils arrivèrent devant la ruelle du Chat-qui-Pêche. Je vais filer devant, et d'ici à trois quarts d'heure, je reviendrai vous chercher, si ça ne vous fait pas de peine de m'attendre.

— J'attendrai tout le temps qu'il faudra. Tu as donc apporté de quoi saouler ton homme ?

Alain montra une bouteille qu'il avait cachée dans sa ceinture et prit les devants pendant que son maître s'embusquait contre la clôture en planches qui barrait l'entrée de la petite rue.

La position n'avait rien d'agréable, car le froid devenait de plus en plus piquant, et Scaër, tout en piétinant pour se réchauffer, se prit à souhaiter que sa faction ne se prolongeât pas trop. Il était solide et il en avait supporté bien d'autres quand il chassait en battue dans sa forêt de Carnoël, mais il n'était pas invulnérable et une fluxion de poitrine n'aurait pas avancé ses affaires.

Il avait adopté sans discussion le plan du gars

aux biques, mais il ne se croyait pas assuré du succès. Il n'en admirait pas moins la hardiesse et la fertilité d'invention de ce Cornouaillais, si vite dégrossi par six mois de figuration sur un théâtre et si bien trempé par le malheur qui venait de le frapper.

Alain ne parlait plus de Zina, mais il y pensait sans cesse, et c'était la résolution prise de venger la mort de sa femme qui faisait de lui un auxiliaire aussi ingénieux qu'intrépide.

Il reparut, comme il l'avait dit, au bout de quarante minutes et, sans dire un mot, il fit signe à Hervé de le suivre le long de la palissade qui bordait les ruines du côté de la rue de la Huchette, et qui présentait, en face de l'entrée de la maison, une solution de continuité, tout juste assez large pour qu'un homme y pût passer.

Alain s'y glissa et Hervé s'y glissa après lui.

L'allée par laquelle on entrait dans la maison avant l'incendie avait maintenant l'aspect d'une brèche ouverte par le canon dans la muraille d'une forteresse.

La porte avait disparu, le plafond s'était effondré, l'escalier n'était plus qu'un amas de planches carbonisées ; des débris de toutes sortes obstruaient le passage, mais l'accès de la cour n'était pas impossible. Il ne s'agissait que de franchir ou de tourner ces obstacles, et Alain, qui connaissait le chemin, servit de guide à son maître jusqu'au bout du couloir.

Là, on avait fixé une barrière mobile et on y avait mis un cadenas ; précaution inutile, car on aurait pu faire sauter d'un coup de pied cette clôture fragile.

Alain n'eut pas besoin de recourir à ce procédé violent. Le gardien lui avait ouvert, quand il s'était présenté en brandissant la bouteille d'eau-de-vie, comme un parlementaire arbore un drapeau blanc aux avant-postes. Et le cadenas, non refermé, pendait, avec sa clef, accroché, en dedans, à la barrière.

Après avoir fait passer son maître, le gars aux biques, pour se préserver d'une surprise, s'empressa de remettre le cadenas en place.

C'est ce qu'on appelle, en termes de stratégie, assurer ses derrières.

Alain pensait à tout.

Scaër se retrouva dans cette cour carrée qu'il avait déjà vue et qu'il eut quelque peine à reconnaître, encombrée de moellons et de plâtras, qui formaient de véritables barricades.

Par cette nuit noire, Scaër n'aurait rien distingué, mais la lueur d'un foyer placé au centre du quadrilatère éclairait à demi les bâtiments eventrés.

Ces vulgaires constructions, noircies, rôties,

percées à jour, avaient pris des aspects de ruines antiques.

C'est un effet assez fréquent des grands incen-dies.

Le palais de la Cour des comptes, brûlé par les communards, a maintenant l'aspect d'un monument de la vieille Rome, détruit par les barbares.

— Il est là, derrière ce tas de pierres, dit Alain, il a sifflé le litre comme il aurait sifflé un petit verre, il dort comme une brute et il va cuver son trois-six jusqu'à demain matin. Venez voir ça, notre maître.

Il fallut passer par-dessus des monceaux de dé-combres pour arriver jusqu'à l'ivrogne, étendu sur le ventre, à côté du brasier qu'il avait allumé pour se chauffer avec des poutres arrachées des planchers et des persiennes tombées.

Il tenait encore à la main le goulot de la bou-teille : vide.

Ce gardien autorisé n'avait pas du tout l'air d'un ancien militaire. Il était vêtu à peu près comme un rôdeur de barrières et Scaër s'étonna qu'on eût choisi un pareil chenapan pour surveil-ler la maison incendiée, au lieu de charger de cette mission de confiance quelque brave pen-sionnaire de l'hôtel des Invalides.

C'est une faveur assez recherchée par ces vieux guerriers, accoutumés à bivouaquer. Ils gagnent ainsi de quoi s'acheter du tabac et ils font consciencieusement leur devoir.

Pourquoi donc avait-on préféré ce drôle qui se laissait payer à boire par le premier venu et qui s'enivrait si facilement ?

Près de lui, on sentait l'eau-de-vie à plein nez, comme s'il se fût amusé à arroser d'alcool les débris sur lesquels il se vautrait.

— Est-tu bien sûr qu'il dort ? demanda Scaër à demi-voix.

— Un coup de canon ne le réveillerait pas... Voyez plutôt, répondit Alain en le poussant du pied.

L'ivrogne ne bougea pas, et Hervé revint de l'idée qui lui était venue à l'esprit. Il avait cru un instant que cet homme était un mouchard déguisé et qu'il faisait semblant de dormir pour les espionner.

Rassuré maintenant, il ne songea plus qu'à visiter les ruines où il espérait trouver les preuves qu'il cherchait.

Les rez-de-chaussée étaient seuls accessibles, car le feu avait détruit tous les escaliers qui conduisaient aux étages supérieurs.

Hervé, pour diriger ses recherches, ne possédait comme point de repère que les indications qui figuraient sur le carnet volé.

Il l'avait sur lui, ce carnet, et il se faisait fort de reconnaître, en la comparant au dessin qui la représentait, la chambre où une croix rouge marquée au crayon indiquait le point où il fallait chercher.

Mais si cette chambre était au premier étage, elle était inaccessible à des explorateurs qui n'étaient pas munis d'échelles.

Et puis, dans lequel des quatre corps de logis qui entouraient la cour se trouvait-elle ? Rien ne l'indiquait sur le croquis. Le plan tracé sur un autre feuillet de l'agenda semblait désigner le côté de la rue Zacharie, mais ce n'était pas très clair, et Hervé, incertain, ne se pressait pas de donner ses ordres à Alain, qui avait tout l'air de les attendre. Il se demandait aussi comment ils s'y prendraient pour reconnaître dans les ténèbres l'endroit signalé, car il n'avait pas pensé à apporter de quoi s'éclairer.

« On ne s'avise jamais de tout. » C'est un proverbe dont le gars aux biques, en cette circonstance, démontra la fausseté.

— Voilà ce qu'il nous faut, dit-il en ramassant une lanterne que l'ivrogne avait posée sur le pavé. Elle est garnie d'huile pour brûler toute la nuit ; nous n'aurons pas la peine de l'allumer puisque le père Crochet a pris ce soin et, si elle venait à s'éteindre, j'ai dans ma poche de quoi la rallumer.

— Bon ! dit Hervé, mais par où commencerons-nous l'inspection ?

— Si vous m'en croyez, notre maître, nous commencerons par le bâtiment où j'ai vu de la lumière, une nuit, cet hiver. J'ai dans l'idée que le secret est là.

— Parbleu ! tu as raison... ceux qui y sont venus devaient connaître la cachette... je suppose qu'ils sont entrés par la rue Zacharie, mais nous ne pouvons pas faire comme eux. Par où passerons-nous ?

— Par une brèche que je connais. Hier, j'ai fait le tour de la cour... le mur est tout crevassé de ce côté-là et j'y ai découvert un trou, juste à hauteur d'homme... nous n'aurons besoin ni de grimper, ni de nous mettre à quatre pattes.

— Très bien. Montre-moi le chemin, mon gars.

— Venez, notre maître.

Alain tenait la lanterne ; il l'éleva à bout de bras pour guider Scaër qui suivit ce fanal, et tantôt louvoyant, tantôt escaladant, car le chemin était parsemé d'entassements de décombres, ils arrivèrent non sans peine à la muraille indiquée par le Cornouaillais.

Si elle tenait encore debout, c'était bien par miracle, car la violence du feu concentré dans l'intérieur du bâtiment l'avait trouée par places, comme auraient pu le faire des boulets de canon.

La maison, bâtie, comme on dit, de boue et de

crachat, n'avait pas résisté à un incendie, évidemment préparé et alimenté par des gens intéressés à la détruire.

Ils y avaient à peu près réussi, et il ne faisait
pas bon s'aventurer sous ces ruines branlantes
qui menaçaient de s'écrouler d'un instant à
l'autre.

Scaër n'était pas homme à reculer, et il passa
après Alain qui venait d'entrer par la crevasse.

Ils se trouvèrent dans une salle basse dont ils
n'apercevaient pas le fond et où ils respiraient
une odeur infecte, l'odeur du pétrole répandu à
profusion.

Le feu avait commencé là, ce n'était pas douteux, et il avait fait de terribles ravages.

Les planchers des étages supérieurs avaient été
consumés ; le toit s'était effondré. A la place du
corps de logis, il ne restait plus que le vide sous
le ciel, quelque chose comme un immense puits,
dont les murs calcinés formaient les parois.

Le sol était couvert de cendres noires où on
enfonçait jusqu'à la cheville. Peut-être avait-on
entassé là des meubles ou des bois de construction qui avaient flambé jusqu'à la dernière par-
celle.

Comment se reconnaître dans ce local bouleversé par l'incendie ? Les cloisons qui le divi-
saient sans doute avant la catastrophe n'exis-
taient plus. Il ne restait pas le moindre ves-

tige de la chambre dessinée sur le carnet.

Et pourtant, elle avait dû être là, tout l'indiquait. Ce n'était pas sans motif qu'on y avait
préparé le foyer de l'incendie. On voulait anéantir, avant tout le reste, ce côté de l'édifice, parce
qu'il recélait la preuve matérielle du crime de
1860. On espérait qu'il n'y resterait pas pierre
sur pierre et que tout disparaîtrait dans un écra-
sement général.

On s'était trompé, puisque des pans de murs
étaient restés debout. Et s'il fallait s'en rapporter aux signes figurés sur le carnet, c'était précisément dans l'épaisseur d'un mur qu'on avait
caché... quoi ?... un trésor ou un cadavre ?...

Un trésor, c'était peu probable, et Hervé ne
s'expliquait pas d'où lui était venue cette idée
qui lui avait une ou deux fois traversé la cervelle. Pourquoi l'aurait-on laissé là ce trésor, au
lieu de le transporter en lieu sûr avant de brûler la maison ?

Tout faisait supposer, au contraire, qu'on avait
maçonné dans une des murailles le corps d'une
victime : celui de Georges Nesbitt, peut-être, de
Georges Nesbitt que personne n'avait vu depuis
dix ans ; ou ceux de sa nièce et de sa belle-sœur,
disparues depuis longtemps.

Quoi qu'il en fût, un crime devait avoir été commis là. Il s'agissait d'en retrouver la trace et
c'était malaisé.

Ils commencèrent par faire le tour de la salle, Alain portant la lanterne et la promenant le long des murailles pendant que son maître, le carnet à la main, comparait les indications avec les pans de murs qu'ils inspectaient successivement.

Au fond, tout au fond, du côté du quai, ils finirent par en rencontrer un qui avait résisté, parce qu'il était plus massif et plus solidement construit.

L'emplacement paraissait correspondre à la croix au crayon rouge marquée sur le plan.

Il y avait eu là des meubles scellés au mur par des crampons de fer qu'on voyait encore, des meubles que le feu avait réduits en cendres et qui avaient bien pu masquer une cachette.

En y regardant de plus près, Hervé s'aperçut que le plâtre effrité laissait à découvert une surface lisse d'une teinte plus foncée, et en y portant la main, il sentit que sous le plâtre il y avait une plaque en fer.

Il la heurta du poing et il lui sembla qu'elle sonnait le creux.

— Nous y sommes, dit Alain.

Hervé n'en doutait pas, mais il ne suffisait pas d'avoir découvert la cachette ; il restait à savoir ce qu'elle contenait et comment forcer la clôture métallique qui la protégeait ?

Alain, qui avait prévu tant de choses, n'avait pas songé à se munir d'un levier pour la soulever ou d'un marteau pour la briser.

L'expédition était à recommencer.

Mais c'était quelque chose que d'avoir reconnu la place où il fallait fouiller. Il ne s'agissait plus que de revenir la nuit prochaine et d'apporter cette fois de bons outils.

Le maître et le serviteur tinrent conseil. Ils tombèrent bientôt d'accord qu'il n'y avait rien à faire pour le moment et que rien ne les empêcherait de risquer une nouvelle tentative qui serait certainement couronnée de succès.

Avant de battre en retraite, Scaër voulut achever d'explorer ce rez-de-chaussée où ils auraient à opérer le lendemain.

Ils passèrent derrière le mur creux, par une ouverture qui, avant l'incendie, était fermée par une porte, et en avançant, Alain, qui marchait le premier, sentit tout à coup le terrain manquer sous ses pas et n'eut que le temps de se rejeter vivement en arrière pour ne pas disparaître dans un trou.

Hervé, qui le suivait de près, le reçut dans ses bras et le remit d'aplomb en lui demandant sur quoi il venait de trébucher.

— J'ai mis le pied sur la première marche de l'escalier d'une cave, répondit le gars aux biques.

Et abaissant la lanterne qu'il n'avait pas lâchée, il montra à son maître une ouverture béante, au ras du sol.

— Il y avait là une trappe et la trappe a brûlé,

reprit-il. J'ai bien manqué rouler jusqu'au fond, car l'escalier me fait l'effet d'être à pic et je serais resté sur le coup.

— Il serait bon de savoir où il aboutit, cet escalier, dit Scaër. Si nous y descendions ?...

— Nous arriverions dans un caveau où les locataires, quand il y en avait, serraient leurs provisions... ça ne nous avancerait pas beaucoup.

— Je me figure qu'il y a là un souterrain qui a une sortie dans la rue. Cette maison n'est pas une maison comme une autre et les gens qui la laissaient à l'abandon devaient avoir un moyen d'y pénétrer sans être vus.

— Ma foi ! c'est bien possible, et si vous y tenez...

Alain n'acheva pas. Son maître lui ferma la bouche en lui disant de prêter l'oreille.

Des bruits montaient des profondeurs du soussol ; des bruits confus et intermittents ; des bruits de pas et des bruits de voix. On marchait et on s'arrêtait ; on parlait et on se taisait.

— Tu entends ? murmura Scaër, on vient par là...

— C'est vrai... la police, peut-être... Allons-nous-en, notre maître... nous aurons le temps de filer par la cour.

— Non... je veux voir qui c'est... cachons-nous et attendons, dit Hervé en entraînant Alain de l'autre côté du mur de séparation.

Il l'emmena jusqu'à la brèche par laquelle ils étaient entrés et par laquelle ils pouvaient sortir.

— Eteins ta lanterne, lui dit-il tout bas.

Le gars aux biques obéit en murmurant :

— J'ai en poche de quoi la rallumer. C'est tout ce qu'il faut.

Ils se collèrent contre la muraille et ils ne bougèrent plus.

Dans la cour, le feu que l'ivrogne avait allumé pour se chauffer ne flambait presque plus et la clarté qui aurait pu trahir leur présence se mourait.

Ils étaient protégés par l'obscurité; leur ligne de retraite était assurée; en cas d'attaque, Hervé avait son revolver et Alain son bâton. Ils étaient donc en état de se défendre, et en mesure de se dérober : à leur choix.

Ils n'attendirent pas longtemps. Par l'ouverture béante au bout du mur de séparation, un homme passa, puis un autre, chacun d'eux tenant à la main une lanterne sourde, c'est-à-dire fermée de trois côtés par des cloisons opaques et n'éclairant que par sa quatrième face.

C'est un ustensile à l'usage des voleurs, et ces gens avaient bien les allures de malandrins qui viennent faire un mauvais coup.

Ils avançaient à pas de loup, mais ils savaient très bien ce qu'ils voulaient, car, sans hésiter et sans tâtonner, ils tournèrent court et ils s'arrêtèrent devant la plaque dont Hervé avait reconnu l'existence, un instant auparavant.

Eux aussi venaient pour la cachette et ils n'avaient pas eu besoin de la chercher. Ils y étaient allés tout droit.

Ils commencèrent par poser au pied du mur leurs lanternes, sans songer à s'en servir pour inspecter les profondeurs de la salle.

Ils se croyaient bien sûrs d'être seuls.

Scaër ne pouvait pas voir les visages restés dans l'ombre, mais à la taille et à l'encolure, il lui sembla reconnaître M. de Bernage et son futur gendre.

S'il lui était resté quelques doutes sur leur participation aux crimes de 1860, leur présence en ce lieu et à cette heure les aurait dissipés.

Hervé s'expliquait maintenant la pantomime à laquelle il avait assisté de loin dans le parc Monceau. C'était la Cornuel qui leur avait conseillé cette expédition nocturne et ils n'avaient pas perdu de temps pour l'entreprendre.

Mais, pourquoi venaient-ils ? Pour visiter la cachette, sans doute, et il devenait probable qu'elle contenait un trésor qu'ils voulaient emporter. Sans quoi, ils n'auraient pas pris tant de peine.

Ce trésor, Scaer n'avait aucune envie de le leur disputer. Il lui suffisait de les voir opérer et de savoir ce qu'ils allaient en faire.

Il ne s'agissait pour cela que de prendre pa-

tience, car ils paraissaient disposés à aller vite
en besogne.

L'un d'eux, le plus petit, tira de sa poche un
outil qui pouvait bien être un ciseau à froid et
se mit avec ardeur à desceller la plaque en pra-
tiquant des pesées de place en place.

L'autre se contentait de surveiller le travail et
de donner des indications en désignant les points
où le métal se soulevait sous l'effort de l'outil
manié par des mains vigoureuses.

Au bout de dix minutes, la plaque détachée
du mur commençait à céder sous la pression du
poids qui pesait sur elle de l'intérieur et elle ne
tarda guère à s'abattre sur les travailleurs en
entraînant dans sa chute un corps plus volumi-
neux que consistant.

Quelque chose comme un mannequin, ayant
forme humaine, et ce mannequin resta étendu à
plat sur le plancher de la salle, au milieu d'un
nuage de poussière.

Ceux qui l'avaient déniché levèrent aussitôt
leurs lanternes pour examiner la cachette vide
et, de son poste d'observation, Scaër put voir
qu'elle était peu profonde.

On avait creusé le mur tout juste assez pour y
loger un cadavre.

Ils se mirent ensuite à attacher avec une corde
qu'ils avaient apportée ce pauvre corps qui n'é-
tait plus qu'un squelette habillé et, quand ce fut

fait, ils s'y attelèrent, en ayant soin de ne pas oublier les lanternes.

Ils en avaient besoin pour s'en aller comme ils étaient venus, et de plus, ils tenaient à ne pas laisser de traces de leur passage.

Où allaient-ils ainsi et qu'allaient-ils faire du cadavre ? S'ils l'avaient enlevé, ce n'était certes pas pour l'enterrer ailleurs.

Hervé pensa que c'était peut-être pour le brûler. Mais où auraient-ils procédé à cette opération ? S'ils l'avaient tentée, ç'eût été sur place, et ils traînaient ces tristes restes comme les équarrisseurs traînent un cheval mort.

Hervé résolut de les suivre, non seulement pour savoir à quoi s'en tenir, mais aussi pour constater l'identité de ces deux voleurs de cadavres.

Il croyait bien les avoir reconnus, et du reste, Bernage et son complice étaient seuls intéressés à faire disparaître le corps d'une de leurs victimes, mais Hervé tenait à acquérir une certitude.

Il espérait même arriver à un résultat plus décisif, et c'était cet espoir qui l'avait empêché de se jeter sur ces scélérats. Ils étaient deux, mais avec l'aide du gars aux biques, la partie eût été au moins égale. Seulement, il se serait exposé à manquer son but, qui était de les livrer à la justice. Ils se seraient défendus et ils devaient être armés. Une bataille à coups de pistolet dans les ténèbres aurait pu tourner à leur avantage, et s'il y avait eu des tués et des blessés, Hervé aurait été fort empêché d'expliquer comment il s'était mis dans le cas de jouer du revolver.

Dehors, au contraire, il lui suffisait de tirer en l'air pour attirer du monde, peut-être même des sergents de ville, quoique déjà, dans ce temps-là, on ne les vit pas souvent là où leur présence eût été utile.

Alain avait deviné la pensée de son maitre.

Alain était prêt. Hervé lui dit tout bas de prendre sa lanterne, sans la rallumer, et ils retrouvèrent sans lumière le passage qu'ils avaient déjà franchi, le passage entre le mur de la cour centrale et le mur de séparation.

Ils retrouvèrent aussi, à fleur de sol, l'ouverture de l'escalier et, cette fois, ils évitèrent d'y tomber, en se servant de leurs bâtons pour tâter le terrain, comme font les aveugles, avant de mettre un pied devant l'autre.

Scaër voulut absolument passer le premier, quoique le gars aux biques le suppliât tout bas de n'en rien faire.

En cas de retour offensif des deux coquins qu'ils suivaient, Scaër tenait à recevoir le choc avant

Alain, qui n'avait pas encore recouvré complètement l'usage de son bras droit.

L'escalier était raide, mais il n'était pas long, et après avoir descendu une douzaine de marches, Hervé prit pied sur un terrain plane, toujours dans une obscurité profonde.

Il étendit les mains et, de chaque côté, ses mains touchèrent un mur. Au même moment, des bouffées d'air froid lui arrivèrent au visage. Il en conclut qu'il se trouvait dans un couloir étroit qui aboutissait directement à une issue, mais il ne devinait pas où pouvait déboucher ce chemin creusé à dix pieds en contre-bas du rez-de-chaussée de la maison.

Avant de s'y engager, il écouta avec attention et il perçut le bruit léger d'un frôlement continu. Les bandits continuaient à traîner le corps.

Donc, ceux qui les suivaient étaient dans la bonne voie, et Hervé hésita d'autant moins à avancer qu'il entrevit un instant un point lumineux.

Sans doute une des lanternes qui, heurtée involontairement contre la muraille, avait pirouetté sur elle-même et présenté en arrière la vitre lumineuse.

Ce n'était qu'un phare à éclipses prolongées, mais il suffisait qu'il eût brillé quelques secondes pour indiquer le chemin aux deux Bretons.

Il s'agissait donc de ne pas trop se rapprocher

et de marcher tout doucement, car le moindre
bruit aurait trahi leur présence,

Il arriva même que Scaër ayant trébuché sur
un caillou, le traînage cessa immédiatement et
deux lueurs reparurent.

Les voleurs de cadavres avaient entendu et
s'étaient arrêtés court. Peut-être allaient-ils revenir sur leurs pas. Hervé arma son revolver
pour se préparer à les recevoir. Il le leur aurait
mis sous le nez, s'ils s'étaient approchés et, en les
menaçant de leur brûler la cervelle, il les aurait
poussés jusqu'à la sortie.

Il ne fut pas obligé d'en venir à cette extrémité.

Les deux complices, n'entendant plus rien,
crurent sans doute qu'une pierre avait fait ce
bruit en se détachant de la voûte, et ils se remi-
rent en marche avec leur sinistre remorque.

Hervé leur laissa prendre un peu d'avance et
les suivit en redoublant de précaution.

Alain, toujours muet comme un poisson et
marchant aussi moelleusement qu'un chat, em-
boîtait le pas à son maître.

Il n'en finissait pas, ce corridor. Depuis qu'ils y
cheminaient, ils avaient eu trois fois le temps
de passer sous les murs de la maison incendiée
et d'atteindre un autre escalier qui devait remonter au niveau de la rue.

Et, depuis quelques instants, Hervé voyait, en
face de lui, des clartés ou plutôt des reflets qui

avaient tout l'air d'être ceux de becs de gaz allumés dans le lointain.

Ces reflets s'accentuèrent à ce point qu'il fut contraint de s'arrêter, sous peine d'entrer dans une zône lumineuse où il eût cessé d'être invisible.

En même temps, il aperçut une grille barrant l'entrée du couloir et les silhouettes des deux bandits se détachant sur le fond plus clair de l'air extérieur.

Alors, il comprit.

Ce souterrain, creusé sous le quai, aboutissait à la Seine.

Tout s'expliquait. Les deux complices avaient pris ce chemin, connu d'eux seuls, pour être sûrs d'entrer et de sortir sans être vus, et ils allaient sans doute jeter le cadavre à la rivière.

Hervé les avait vus distinctement tracasser la grille et un grincement de ferrailles lui apprit qu'ils l'avaient fermé à clé, derrière eux, après l'avoir ouverte en arrivant, et qu'ils étaient en train de la rouvrir pour s'en aller.

Il ne tenait qu'à lui de les déranger au milieu de leur opération en tombant sur eux à l'improviste, mais les motifs qui l'avaient empêché de les assaillir dans le corridor le retinrent encore une fois.

Il voulait livrer bataille en plein air, là où le bruit de la lutte attirerait des agents ou des passants, et non pas dans un souterrain où même les coups de revolver n'attireraient personne.

Il se figurait qu'ils allaient déboucher de plain-pied sur une berge, en contre-bas du quai Saint-Michel.

Ils auraient à traverser cette berge, en remorquant le cadavre pour gagner le bord de l'eau, et ce serait le vrai moment de les attaquer, avant qu'ils eussent le temps de le faire disparaître.

Seulement, il fallait manœuvrer adroitement et lestement, car si, une fois dehors, ils refermaient la grille, Hervé et Alain se trouveraient pris comme dans une souricière.

Et d'autre part, si Hervé se montrait trop tôt, les deux coquins se retourneraient contre lui et la lutte s'engagerait dans le corridor, ce qu'il voulait éviter.

Il se tint donc coi, mais il se tint prêt, et du point où il s'était arrêté, il put suivre des yeux tous les mouvements de ses adversaires, suffisamment éclairés par les reflets du gaz municipal.

Il les vit éteindre leurs lanternes, pousser la grille qui s'ouvrait du dedans au dehors, s'avancer jusqu'à l'extrême limite du souterrain, tendre le cou, baisser la tête et regarder au-dessous d'eux.

L'ouverture se trouvait donc à une certaine hauteur et non pas au niveau de la berge, comme le supposait Scaër.

Qu'allaient faire maintenant les deux coquins ?

Scaër ne le devinait pas. Il fut très surpris de voir le plus grand se mettre à plat ventre, ses jambes pendantes dans le vide, se laisser glisser jusqu'à ce qu'on ne vît plus que sa tête et finalement disparaître tout à fait.

L'autre, resté à l'entrée du couloir, se mit à pousser le cadavre jusqu'à ce qu'il dépassât le mur, lui fit faire la bascule après avoir pris à deux mains la corde qui l'attachait, laissa filer doucement cette corde, la lâcha quand la tension eut cessé, et s'affala à son tour en manœuvrant de la même façon que son camarade.

Où étaient-ils descendus avec leur répugnant fardeau? Pour le savoir, Hervé avança et il allait se pencher pour regarder en contre-bas, quand, à sa grande stupéfaction, il vit émerger le bout d'une gaffe, c'est-à-dire d'une perche terminée par un croc.

Celui qui tenait l'autre extrémité de cet instrument à l'usage des mariniers s'en servit pour accrocher un des barreaux de la grille, restée ouverte, et pour essayer de la refermer en lui donnant, d'en bas, une violente impulsion.

Il y serait parvenu plus facilement, s'il eût opéré avec ses mains, avant de prendre le même chemin que son complice, mais il allait certainement y réussir quand même.

Avec une présence d'esprit extraordinaire,

Hervé manœuvra pour l'en empêcher, tout en lui laissant croire que c'était fait.

Il empoigna un autre barreau et il tira dans le même sens que le grappin, pendant qu'il plaçait son pied entre la grille et le mur. En même temps, pour imiter le bruit d'un pène claquant dans une serrure, il frappait le fer avec le canon de son revolver.

La gaffe disparut aussitôt. Le stratagème avait réussi. Hervé restait libre de sortir et de poursuivre l'ennemi qui ne se doutait pas de sa présence.

Avant de se lancer, il voulut voir sur quel terrain il allait s'engager, et il s'approcha jusqu'à toucher la grille entr'ouverte. Il passa même sa tête par l'entrebâillement, et alors il reconnut l'erreur dans laquelle il était tombé.

La berge qu'il avait rêvée n'existait pas. La Seine baignait le mur du quai et l'orifice du souterrain se trouvait à deux mètres au-dessus de l'eau.

Les voleurs de cadavre, pour monter et pour descendre, s'étaient servis des anneaux de fer scellés dans le soubassement de la muraille, après y avoir amarré l'embarcation dans laquelle ils étaient venus, et cette embarcation, ils se préparaient à s'en servir pour s'en aller.

Ils y avaient placé le corps, et l'un d'eux, assis à l'avant, tenait déjà les rames, pendant que l'autre détachait la chaine qui la retenait.

—Ah! Monsieur le baron, ils vont nous échapper, si vous ne tirez pas dessus, dit à demi-voix Alain qui était venu sans bruit rejoindre son maître.

Scaër fut bien tenté de suivre le conseil que lui donnait le gars aux biques.

Il avait à la main son revolver tout armé, et à cette distance il ne les aurait pas manqués.

Un scrupule le retint, scrupule tardif et exagéré. Il les aurait volontiers attaqués de front; il lui répugnait de faire feu sur eux comme il aurait fusillé des canards sauvages.

Et puis, il n'avait pas prévu ce denouement et, faute d'y être préparé, la décision lui fit défaut.

Il se disait aussi que mieux valait voir d'abord ce qu'ils allaient faire.

Peut-être gagner le milieu de la rivière et y jeter le cadavre. Ils venaient de pousser au large et ils ramaient vigoureusement.

Le canot qu'ils montaient était taillé pour la course et ils avaient l'air de ne pas en être à leur première navigation, car ils manœuvraient comme des membres du Rowing-Club.

Et ils savaient parfaitement où ils allaient, car après s'être éloignés de la rive, ils s'étaient mis sans hésiter à remonter la Seine.

Il fallait s'y attendre, car s'ils l'avaient descendue, ils n'auraient pas tardé à être arrêtés par le barrage établi au-dessous du Pont-Neuf, et ils ne pouvaient pas songer à se débarrasser du cadavre dans une écluse où stationnaient de nombreux chalands habités par des marins d'eau douce.

En amont, au contraire, après avoir dépassé le point où les deux bras de la rivière se réunissent, ils trouveraient de l'espace, en se tenant à égale distance des deux rives, trop éloignées l'une de l'autre pour qu'on pût, d'un des bords, surveiller leurs mouvements et, quand il leur plairait, ils pourraient débarquer sur une berge déserte.

Ils s'étaient bien gardés de jeter le corps devant le quai Saint-Michel, beaucoup trop rapproché de la maison où ils l'avaient pris, car ce pauvre corps n'était pas lourd et il ne serait pas resté longtemps au fond de l'eau.

Peut-être se proposaient-ils de l'entourer d'une chemise de plomb pour l'empêcher de remonter à la surface.

Ces conjectures et ces raisonnements se pressaient dans la cervelle de Scaër, pendant que les assassins fuyaient en emportant ce qu'on appelle en style judiciaire le corps du délit.

Ils avaient déjà fait du chemin et ils allaient dans un instant passer sous le pont couvert qui reliait alors les deux corps de logis de l'Hôtel-Dieu et qui allait les cacher dès qu'ils l'auraient dépassé.

Hervé, furieux d'avoir manqué l'occasion, jurait comme un païen.

—Si j'avais su, je me serais jeté à la nage pour les suivre, dit Alain.

—Et tu te serais noyé, répliqua le maître avec humeur. On ne nage pas avec un seul bras... sans compter qu'ils ont deux paires d'avirons et qu'ils savent s'en servir.

—C'est vrai que je n'ai qu'un bras, mais j'ai deux jambes et je cours bien.

—Tu ne courras pas sur l'eau.

—Non, mais je les rattraperai par terre. Le courant est dur et ils ont beau *souquer*, ils ne vont pas très vite. Il faudra bien qu'ils finissent par aborder... et n'importe où ils aborderont, j'y serai avant eux.

—Nous y serons, rectifia Hervé. Tu as raison, mon gars, c'est le seul moyen de les prendre... et j'en suis.

—Alors, dépêchons-nous, notre maître... Nous allons être obligés de faire le tour par la rue de la Huchette et pour sortir d'ici, le chemin n'est pas commode... surtout quand on n'y voit goutte... Ah! je suis bien fâché d'avoir éteint ma lanterne.

—Rallume-la.

Alain essaya et s'en repentit, car il perdit deux minutes à frotter des allumettes qui ne

s'enflammaient pas sur les pierres humides du
souterrain.

Il finit par y renoncer en voyant que Scaër
s'impatientait, et comme il n'était pas patient
non plus, il lança, pour s'ôter l'envie de recommencer, son fanal dans la Seine.

Hervé n'y trouva point à redire. Ils connais-
saient le chemin pour l'avoir déjà parcouru sans
lumière et il ne s'agissait pas de se tirer d'un
labyrinthe. Ils n'avaient qu'à aller droit devant
eux en tâtant les murailles.

Cette fois, Alain ouvrit la marche, Scaër le
suivit de près et, pour plus de sûreté, s'accrocha
à sa ceinture.

De cette façon, ils ne se perdraient pas en
route.

Ils se hâtaient, mais on ne marche pas vite
dans l'obscurité, et ils n'avaient même plus pour
les guider les frôlements du traînage et les lueurs
intermittentes des lanternes sourdes que por-
taient les deux scélérats qui venaient de leur
échapper.

Il arrivait aussi que le gars aux biques trébu-
chait et il s'ensuivait de légers temps d'arrêt
qui les retardaient.

Hervé comptait les minutes et les trouvait
bien longues. Il lui semblait que le premier trajet avait pris moins de temps. Puis il se disait

que c'était l'effet ordinaire de l'impatience. L'autre voyage lui avait moins duré parce qu'il était distrait par la préoccupation de ne pas perdre la piste des assassins.

—Nous devrions être déjà arrivés à l'escalier, dit-il entre ses dents.

—Je crois que nous approchons, murmura le gars aux biques, et c'est ce qui fait que je ne me presse pas ; si je me cognais contre les marches, je me casserais peut-être une patte et ça n'avancerait pas les affaires. Mais une fois que nous y serons, le reste ira tout seul.

—Hum! il y aura encore à franchir les barricades qui encombrent la cour... et le cadenas de la barrière à ouvrir...

Pourvu que l'ivrogne ne se soit pas réveillé!

—Pas de danger, notre maître... nous lui passerons sous le nez sans qu'il s'en aperçoive.

Alain cheminait toujours. Tout à coup, il s'arrêta si court que Scaër, qui le tenait par son bourgeron, ressentit le choc et fut repoussé en arrière.

—Est-ce que nous y sommes? demanda-t-il.

—Non... non... ce n'est pas l'escalier... si j'avais butté contre une marche, je me serais cogné les jambes, et c'est le front que je me suis cogné... je n'y comprends rien.

Hervé étendit le bras et ses mains rencontrèrent une surface moins lisse et moins dure que

n.   9

la plaque de fer qui masquait la cachette.

—Une porte! s'écria-t-il; c'est une porte! où m'as-tu mené?

—Je crois bien que je me suis trompé de corridor...

—Il y en a donc deux!

—Peut-être bien... je ne tâtais le mur que d'un côté... et j'ai eu joliment tort, car je ne me suis pas aperçu que je tournais à droite... c'est bien une porte... je sens le vent qui souffle par le trou de la serrure... et maintenant nous voilà égarés...

—Que le diable te confonde! Où sommes-nous?

—Nous devons être du côté de la rue Zacharie... et si je pouvais d'un coup de pied abattre cette maudite porte, nous serions bientôt dehors.

— Oui, dit Scaër avec humeur, mais elle est solide et tu ne réussiras pas à l'enfoncer. Tâchons de retrouver le chemin de l'escalier.

— Nous ne devons pas en être loin, et cette fois je ne me tromperai pas. C'est égal !... nous n'avons pas de chance... il n'y a peut-être qu'une porte qui n'ait pas brûlé et nous sommes venus justement nous casser le nez contre celle-là !

— Marche donc, au lieu de bavarder. Nous perdons du temps.

— Nous allons le rattraper, notre maître.

Hervé, moins optimiste que son fidèle Cornouail-

lais, n'espérait plus guère rejoindre les voleurs
de cadavre, et commençait à regretter de ne
pas avoir fait feu sur eux, au moment où ils s'é-
taient embarqués. Il lui semblait dur de perdre
une partie si bien jouée et de la perdre par sa
faute. Il avait été trop prudent, lui qui ordinai-
rement péchait par l'excès contraire.

Et il envisageait déjà toutes les conséquences
de sa mésaventure. La preuve matérielle du crime
avait disparu. Les assassins l'avaient enlevée
sous ses yeux.

Ils allaient évidemment jeter à la rivière le
corps qu'il venaient de tirer de la cachette creusée
dans la muraille et, pour le repêcher, il aurait
fallu draguer la Seine.

Encore n'aurait-on retiré que des restes mé-
connaissables, en supposant qu'on les retrouvât.

Et, ces restes, on les aurait portés à la Morgue
sans les y exposer. A quoi bon? Ils n'avaient,
sans doute, plus figure humaine et on ne recon-
naît pas des ossements recouverts de vêtements
en lambeaux.

Les journaux ne parleraient pas de cette
lugubre trouvaille et, s'ils en parlaient, personne
n'y ferait attention.

On n'ouvrirait pas une enquête qui ne pouvait pas aboutir. La justice ne s'occupe guère que
des crimes récents, parce qu'elle espère découvrir les coupables, et les forfaits de Troppmann,

qui venait de monter sur l'échafaud, avaient lassé la curiosité des Parisiens.

C'était Bernage et son complice qu'il aurait fallu surprendre en flagrant délit, dans la maison de la rue de la Huchette, et maintenant ils étaient loin.

Hervé les avait manqués.

Comment prouver désormais que le millionnaire du boulevard Malesherbes était venu, la nuit, en bateau, comme un écumeur de rivière, enlever et emporter le cadavre de l'une des victimes d'un triple assassinat qui remontait à dix ans?

Tout était à recommencer, et dans des conditions beaucoup plus défavorables, puisque le corps du délit avait disparu.

Scaër, tristement, se disait tout cela, en suivant Alain qui se hâtait et qui bientôt s'écria :

— J'y suis! voici l'escalier !

Cette fois, il ne se trompait pas et son maître, après lui, gravit les marches sans accident.

Ils se retrouvèrent dans la salle d'où ils étaient partis pour cette expédition avortée, et il ne leur restait pas que la cour à traverser pour se lancer dans une nouvelle poursuite qui leur réussirait peut-être mieux que le voyage souterrain.

Au lieu de courir, ils s'arrêtèrent, stupéfaits, en voyant que, de l'autre côté du mur transversal que les bandits avaient fouillé, la salle était vivement éclairée.

D'où provenait cette clarté? Était-ce l'incendie qui recommençait? ou bien l'ivrogne réveillé avait-il rallumé le feu auquel il se réchauffait, et le reflet de ce foyer, passant par la brèche ouverte, illuminait-il ce lieu que le maître et le serviteur avaient laissé plongé dans d'épaisses ténèbres?

Ils ne songèrent pas à échanger leurs appréciations sur la cause de ce phénomène et ils ne s'amusèrent point à délibérer. D'un même élan, ils franchirent l'ouverture par laquelle ils avaient déjà passé en sens inverse.

Ils n'allèrent pas plus loin, pétrifiés qu'ils furent par le plus inattendu des spectacles.

Près de la brèche se tenaient deux sergents de ville portant chacun au poing une torche de résine. En avant d'eux, un commissaire de police, ceint de son écharpe, montrait à un monsieur tout de noir vêtu la muraille éventrée. Et dans la pénombre s'agitait le prétendu surveillant des ruines, le père Crochet, complètement dégrisé.

La scène était imprévue, mais il n'était pas malaisé de l'expliquer, et le gars aux biques comprit tout de suite.

Le faux ivrogne était un mouchard chargé d'espionner le blessé sorti de l'Hôtel-Dieu. Il avait feint de boire l'eau-de-vie, qu'il versait adroitement sous les décombres, et, pendant que Kernoul et son maître cheminaient sous terre, il était allé chercher la police, préalablement avertie sans aucun doute, puisque ses représentants se tenaient prêts à marcher à la première réquisition de l'homme aposté dans la cour de la maison incendiée.

Le commissaire ne laissa pas aux survenants le loisir de se remettre et de préparer leurs réponses.

— Avancez! leur cria-t-il.

Et comme ils ne se pressaient pas d'obéir, il reprit, en s'adressant à Alain :

— Vous, je ne vous demande pas votre nom... je le sais... et je vous interrogerai tout à l'heure.

Puis à Hervé :

— Qui êtes-vous ?

— Je suis le baron de Scaër, répondit Hervé sans hésiter.

— Cet homme est à votre service?

— Il y a été. Il est né sur mes terres en Bretagne.

— C'est vous qui êtes venu le voir quand il était à l'hôpital?

— Oui... jeudi dernier. Il est sorti de l'Hôtel-Dieu, le lendemain et je l'ai revu ce jour-là...

— Sur la place Vendôme?

— Parfaitement. Je loge à l'hôtel du Rhin. On n'a pas voulu l'y laisser entrer, parce qu'il était mal vêtu. Je l'ai aperçu de ma fenêtre et je suis sorti pour lui parler.

— Nous savons tout cela. Vous faites bien de dire la vérité. Il faut la dire tout entière.

— Je n'ai jamais menti. Questionnez-moi. Je vous répondrai.

— Vous savez de quoi cet homme est soupçonné?

— D'avoir mis le feu à cette maison. C'est absurde. Elle brûlait du haut en bas, quand il s'y est jeté pour essayer de sauver sa femme qui y demeurait avec lui. Je l'ai vu... j'y étais... d'autres que moi l'ont vu... sa femme a péri et il a failli périr, lui aussi.

— Est-ce pour la chercher qu'il est revenu ici, cette nuit? demanda ironiquement le commissaire.

— Non, Monsieur. Il sait qu'elle est morte et qu'il ne retrouvera même pas ses restes.

— Pourquoi donc alors a-t-il pris tant de précautions et tant de peines pour s'introduire ici?... il s'est déguisé... il est allé se loger sous un faux nom dans un garni de ce quartier... il a essayé d'enivrer l'agent que j'avais placé dans cette cour, en prévision de ce qui est arrivé...

— Je vois qu'on n'a pas cessé de l'espionner... et je suppose qu'on m'a espionné aussi.

— J'avais le devoir de surveiller cet homme et de m'informer de vos démarches... Je n'ai pas failli à ce devoir. Aucune mesure n'a été prise contre vous... il n'y avait pas lieu... et il ne tient qu'à vous de m'expliquer votre conduite... et votre présence ici, en compagnie d'un individu qui n'est pas du même monde que vous... et qui m'est suspect. Quel motif vous a amené, la nuit, dans cette maison dont il ne reste que des débris?

Et comme Scaër hésitait, le commissaire, après un court silence, reprit en lui montrant le mur transversal :

— Est-ce que vous espériez y trouver un trésor?

— Qui vous fait croire cela? demanda vivement Hervé.

— Mais... ce creux dans l'épaisseur de la muraille... cette plaque arrachée tout récemment... qu'y avait-il là?

— Un cadâvre.

— Comment?...

— Oui, le cadavre d'un homme qu'on a assassiné ici autrefois.

Le commissaire échangea un regard avec le personnage muet qui l'accompagnait et qui devait être un des hauts fonctionnaires de la préfecture de police.

— Et... il n'y est plus... qu'est-il donc devenu? demanda ce commisssaire d'un air bonasse, l'air que prennent ces messieurs avec un inculpé qui s'enferre, pour l'engager à s'enferrer davantage.

— Il y était encore quand je suis arrivé, répliqua froidement Scaër. Deux hommes ont descellé
cette plaque, sous mes yeux... elle recouvrait un
corps qu'ils ont tiré de la cachette où on l'avait
muré et qu'ils ont emporté en le traînant avec
une corde.

— Vraiment?... c'est prodigieux !... par où l'ont-
ils emporté?

— Par un souterrain qui aboutit à la rivière...
une barque les attendait. Ils y ont descendu le
corps, et en ce moment, ils rament pour remonter
la Seine. Voulez-vous les voir et les prendre ? Il
est peut-être encore temps.

— C'est une plaisanterie, je suppose?

— Pas le moins du monde. Commandez à vos
hommes de courir le long des quais jusqu'à ce
qu'ils aperçoivent un canot monté par deux
hommes et de les arrêter quand ils aborderont.
C'est ce que nous allions faire quand nous nous
sommes trouvés face à face avec vous.

—Alors, vous les avez suivis dans ce souterrain?
demanda le commissaire, sans tenir le moindre
compte de la proposition.

— Vous préférez les laisser échapper?... comme
il vous plaira ! dit Hervé en haussant les épaules.
Oui Monsieur, nous les avons suivis, et je me
reproche maintenant de ne pas les avoir attaqués.
Il se seraient défendus, mais nous étions deux
contre deux...

II.   9.

— Je vois avec plaisir que vous n'êtes pas de
ceux qui répugnent à prêter main-forte à la justice. Si réellement un crime a été commis, vous
auriez rendu service à la société en arrêtant les
coupables. Mais... voudriez-vous m'apprendre
comment vous avez été mis sur leurs traces?...
Vous aviez donc deviné qu'ils viendraient ici cette
nuit?... et vous saviez donc qu'on y avait tué
quelqu'un ?...

— J'avais de fortes raisons de le croire... mais
je n'avais pas prévu que je surprendrais les assassins... si je l'avais prévu, j'aurais averti la police
et elle se serait chargée de les arrêter.

— Les assassins de qui?

— Du propriétaire de cette maison... disparu
depuis dix ans.

— Un étranger... M. Georges Nesbitt, de New-
York... vous vous trompez, Monsieur. Il est absent, c'est vrai, mais il n'est pas mort. La preuve,
c'est qu'il paie régulièrement ses impôts; il envoie chaque année la somme par lettre chargée.

— Ou quelqu'un l'envoie pour lui.

Il y eut un nouvel échange de coups d'œil entre le commissaire et son supérieur qui n'inter-
rogeait pas, mais qui écoutait très attentive-
ment.

— Cela pourrait être, reprit le magistrat, et je
vois, Monsieur, que vous êtes perspicace. Vos lu-
mières nous seraient d'un grand secours et je

vous prie de nous éclairer en me disant tout ce
que vous savez.

Vous avez sans doute connu cet Américain?

-- Non. J'ai connu autrefois des personnes de
sa famille et j'ai su qu'elles se préoccupaient de
son absence prolongée. J'ai appris plus tard qu'il
avait acheté cette maison qu'il n'a jamais habitée. Et quand elle a été incendiée de fond en comble, mardi dernier, j'ai pensé qu'on y avait mis
le feu pour qu'on n'y découvrît pas le cadavre du
propriétaire.

— On n'a pas réussi à le brûler, s'il est vrai
qu'on l'ait enlevé, cette nuit. Mais, puisque vous
êtes si bien informé, vous devez savoir qui a fait
tout cela.

Ainsi posée à l'improviste et à brûle-pour-
point, la question troubla Hervé de Scaër. Il ne
s'était pas préparé à y répondre. Il aurait dû la
prévoir, mais il ne s'attendait pas à rencontrer
là ce commissaire, et depuis qu'il s'expliquait
avec lui, les interrogations coup sur coup ne lui
avaient pas laissé une minute pour réfléchir. Et,
instinctivement, il hésitait à prononcer des noms.

Il crut s'en tirer par cette phrase évasive :

— Si je le savais, je ne me serais pas donné
tant de peine. Je cherchais les coupables. Je me
serais contenté de les dénoncer.

— Vous devez du moins soupçonner quelqu'un,
dit le commissaire en regardant fixement Hervé.

La question revenait sous une autre forme, et il n'y avait plus moyen de l'éluder. Il fallait dire la vérité ou se taire. La dire, c'était passer la main à la police qui allait reprendre l'enquête pour son compte, et c'était précisément ce que ne voulait pas Mᵐᵉ de Mazatlan.

Elle est brutale la police et elle ne ménage personne. Une instruction judiciaire aurait englobé tous ceux et toutes celles qui s'étaient trouvés mêlés de près ou de loin à cette histoire mystérieuse.

La marquise eût été forcée d'entrer en scène et de déposer devant un magistrat. Le moins qu'il pût lui arriver, c'était d'être compromise dans une affaire criminelle dont tout Paris s'occuperait, ce tout Paris qui juge à la légère et qui confond volontiers les innocents avec les coupables, voire même les témoins avec les accusés.

Hervé n'aurait pas couru moins de risques en dénonçant l'homme dont il avait dû épouser la fille, car l'opinion publique n'aurait pas manqué d'attribuer la dénonciation à un sentiment de vengeance.

Il avait beau se dire que qui veut la fin veut les moyens et qu'il ne parviendrait jamais à venger la mort d'Héva sans recourir à des auxiliaires plus puissants et mieux armés que la marquise et le gars aux biques ; il lui répugnait de frapper Solange de Bernage en frappant le scélérat qui était son père et le scélérat qui allait être son mari.

Il préférait laisser à la police le soin de découvrir les coupables et il voulait, avant de se décider à les nommer, consulter la marquise.

C'était une capitulation de conscience, mais il ne se piquait pas d'être sans faiblesses, et il finit par prendre un biais.

— Oui, répondit-il, je soupçonne des gens que je ne connais pas et que vous découvrirez certainement, quand je vous aurai appris ce que je sais. Alain Kernoul que voici et que vous avez accusé à tort battait le pavé de Paris avec une pauvre fille qu'il avait épousée par amour, lorsqu'il a rencontré sur le boulevard Saint-Michel, il y a six mois, une femme qui lui a proposé de les loger pour rien dans cette maison qui vient de brûler. Naturellement il a accepté, et ils y demeuraient au cinquième étage quand l'incendie a éclaté. Sa compagne, qui se mourait de la poitrine, n'a pas pu se sauver. Lui, a échappé à la mort parce qu'il était allé faire son service de figurant au Châtelet.

— C'est exact, dit le commissaire.

— Ce que vous ne savez pas, c'est que cette femme qui les avait installés ici est venue, quelques heures avant l'incendie, leur signifier de déguerpir. J'en conclus que c'est elle qui a mis le feu. Elle entrait dans cette maison, par des portes latérales dont elle avait la clé. Elle représentait les assassins de M. Nesbitt, je n'en doute plus depuis que je viens de les voir à l'œuvre. Elle a dû être leur complice et elle connaît leurs secrets.

C'est cette femme qu'il faut chercher.

— Avez-vous à me fournir quelques indications sur elle?

— Elle est d'un certain âge... elle se faisait appeler Mme Chauvry... elle a dit plusieurs fois à Alain de lui écrire à ce nom-là, quand il aurait besoin de la voir, et d'adresser ses lettres à Clamart, près Paris. Il me semble que ce renseignement doit vous mettre à même de la découvrir bientôt.

Quand vous la tiendrez, elle parlera.

Le commissaire, cette fois, ne se borna pas à interroger des yeux son supérieur, il le tira à l'écart et se mit à conférer tout bas avec lui.

L'a-parté ne fut pas long. Il revint à Hervé pour lui dire :

— Vous prétendez que ces hommes sont sortis d'ici par un souterrain. Montrez-moi donc le chemin qu'ils ont pris.

— Très volontiers, Monsieur, répondit Hervé. Je vous préviens seulement que ce chemin n'est pas éclairé.

Le commissaire fit signe aux sergents de ville.

L'un prit les devants et l'autre ferma la marche, chacun portant une torche qui répandait des flots de lumière.

Scaër et Alain précédèrent les représentants de l'autorité dans ce cortège improvisé, qui ne s'égara point en route.

On passa devant l'embranchement où les deux Bretons s'étaient fourvoyés et où le sergent de ville d'avant-garde se serait peut-être engagé, si Hervé ne lui eût pas crié d'aller tout droit, et on arriva bientôt à la grille entr'ouverte.

— C'est par là qu'ils sont descendus, dit Hervé. Et tenez! Ils ont oublié leurs lanternes sourdes.

Le commissaire en releva une, l'examina de près et hocha la tête en homme qui s'y connaît.

— Ces gens doivent être des voleurs de profession, murmura-t-il.

Ils n'ont volé ce soir qu'un cadavre, mais ils étaient bien outillés. Seulement, ils ont eu le tort de laisser derrière eux des pièces à conviction.

— En voici une autre, reprit Hervé en se baissant pour ramasser un lambeau d'étoffe qui était resté accroché aux barreaux de la grille. Voyez, Monsieur!... c'est une basque d'habit...

— Ou plutôt le pan d'une redingote, dit le commissaire, après avoir palpé l'objet.

— Le drap est pourri, continua Hervé. C'est un morceau du vêtement que portait M. Nesbitt

quand on l'a tué, et que ses assassins auront
déchiré en traînant le corps au bout d'une corde.
Si on le repêche dans la Seine, vous n'aurez qu'à
rapprocher ce fragment pour vous assurer qu'il
a été arraché du costume qui a servi de suaire à
ce malheureux.

Le commissaire ne dit mot, mais il inséra le
lambeau dans la poche de son pardessus.

— Êtes-vous convaincu maintenant ? lui demanda Hervé que ce mutisme impatientait.

— Mes convictions ne se forment pas si vite.
Avez-vous autre chose à me montrer ici?

— Non, Monsieur; rien de plus.

— Alors, je vais faire fermer cette grille.

Un des sergents de ville fut chargé de l'opération. Il n'eut qu'à tourner la clé qui était
restée à la serrure, en dedans. Les gens qui
l'y avaient laissée ne comptaient évidemment
pas revenir. Donc, leur unique but était de faire
disparaître le cadavre, et ce but, ils l'avaient
atteint.

Cette conclusion sautait aux yeux, et le plus
défiant des magistrats devait finir par s'y ral-
lier.

En attendant, il reprit la direction du cortège
qui rebroussa chemin, dans le même ordre, et
qui revint assez vite à la salle d'où il était parti.

C'était là qu'allait se dénouer une situation
tendue qui préoccupait fort le dernier des Scaër

et dont il commençait à n'attendre rien de bon, car le commissaire ne s'était pas encore prononcé sur son cas, et la persistance qu'il mettait à se taire était d'assez mauvais augure.

Allait-il renvoyer chez eux le maître et le serviteur, ou bien les garder jusqu'à plus ample informé?

Les agents judiciaires ne lâchent pas volontiers les gens qu'ils tiennent et ils ne les lâchent qu'à bon escient.

Il y eut d'abord une nouvelle conférence entre ces deux messieurs, et celle-là dura plus longtemps que la première.

Puis, le commissaire revint dire à Hervé:

— Monsieur, je ne crois pas devoir vous retenir. Vous êtes libre... à une seule condition...

— Laquelle? demanda fièrement Scaër.

— A condition que vous resterez à la disposition du magistrat qui va instruire cette affaire.

— Il me trouvera toujours prêt à lui répondre, quand il lui plaira de m'interroger. Seulement, je ne m'engage pas à lui fournir de nouvelles indications. J'ai dit ce que je savais et j'ai fait ce que je pouvais. Je m'en tiendrai là.

— C'est votre droit.

— J'ajoute que je m'attends à être surveillé. Peu m'importe, pourvu que cette surveillance ne s'étende pas à mes amis. Je vous préviens aussi que j'ai le projet de quitter Paris et que si on me surveillait de trop près, je hâterais mon départ.

Le commissaire eut un sourire équivoque. Il pensait sans doute : « Vous ne partirez pas sans ma permission ; » mais il s'abstint de le dire.

— Et ce garçon ? demanda Scaër qui avait maintenant l'air de dicter ses conditions. J'espère que vous ne l'accusez plus d'avoir mis le feu à cette maison et que vous n'allez pas le garder.

— Non... s'il veut s'engager à changer d'existence et à se tenir tranquille. Prenez-le à votre service, et qu'il ne se mêle plus de faire de la police pour son compte. Les choses n'en iront que mieux.

— Alors, on va suivre cette affaire ?

— Sans aucun doute, et nous utiliserons les renseignements que vous venez de me donner. Ils sont vagues, mais c'est un point de départ et ils nous serviront à nous en procurer d'autres.

Vous m'avez dit que cette femme se fait appeler Chauvry et qu'elle se faisait adresser ses lettres à Clamart, sans autre indication.

— Parfaitement.

— Une dernière question : les personnes de la famille de M. Nesbitt que vous connaissiez autrefois habitent-elles Paris ?

— Non, Monsieur. Si elles vivent encore, elles habitent les États-Unis... New-York ou Boston.

Mes relations avec elles remontent à une dizaine d'années, et depuis ce temps-là, je n'ai pas eu de leurs nouvelles. Vous pouvez vous informer d'elles. L'une était sa belle-sœur, veuve de son frère le commodore Nesbitt, de la marine américaine ; l'autre était sa nièce.

Cette réponse, si nette en apparence, n'était pas conforme à la vérité, puisque la mère et la fille avaient quitté ce monde, mais elle impressionna favorablement ceux qui l'entendirent, et Hervé savait bien ce qu'il faisait en leur parlant d'elles.

Hervé ne voulait pas dénoncer le père de Solange, mais il voulait bien que la police découvrît l'assassin de tous les Nesbitt, et il se disait que ce commissaire y réussirait en suivant les pistes qu'il lui indiquait.

Les recherches commencées en 1860 devaient avoir laissé des traces dans les archives judiciaires, et pour peu qu'on rapprochât cet ancien dossier de celui qu'on allait former en instruisant l'affaire toute récente de l'incendie de la rue de la Huchette, on en arriverait certainement à fouiller le passé de M. de Bernage.

— C'est bien, Monsieur, dit le commissaire, qui avait déjà pris les instructions de son supérieur, vous pouvez vous retirer... et je vous autorise à emmener cet homme.

Hervé ne se le fit pas dire deux fois. Il poussa le gars aux biques vers la brèche et il

y passa après lui, sans remercier les deux policiers et même sans les saluer.

Un instant après, dans la rue de la Huchette,
Alain lui demanda ce qu'il allait faire et il lui
répondit brusquement :

— Je n'en sais rien encore. Accompagne-moi
jusqu'au quai.

Le gars aux biques suivit la tête basse, comme
un chien que son maître a mal reçu.

Il pensait à Zina. Scaër pensait à la marquise.

IV

Quatre mois se sont passés.

Le dernier des Scaër est rentré à Trégunc et Alain est venu bientôt l'y rejoindre.

Ils ont quitté Paris, peu de jours après les scènes nocturnes qui se sont déroulées dans la maison de la rue de la Huchette.

Hervé s'est brusquement décidé à partir après avoir revu la marquise de Mazatlan.

Elle a été longue et dramatique cette dernière entrevue. Elle a même été orageuse, car ils n'étaient pas d'accord et ils ont eu beaucoup de peine à s'y mettre.

La marquise voulait absolument poursuivre sans trêve et sans merci les assassins d'Héva Nesbitt. Elle se déclarait prête à les livrer à la justice, au risque de se trouver compromise dans un procès criminel. Il a fallu que Scaër intercédât auprès d'elle en faveur de Solange. Il s'est adressé à son cœur et elle a fini par céder. Il n'a pas manqué de lui représenter que la police en

savait assez pour mettre la main sur ces scélérats et qu'il valait mieux la laisser agir seule.
La marquise s'est rendue, après avoir discuté
longtemps, mais elle a exigé d'Hervé qu'il attendît
six mois avant de s'exiler pour toujours.

. Elle trouvait bon qu'il se retirât en Bretagne,
mais non pas qu'il passât à l'étranger avant le
dénouement du drame qui allait se jouer à Paris,
et elle se réservait de rester en scène jusqu'au
bout.

Que ferait elle seule contre l'ennemi commun ?
quelle part prendrait-elle aux opérations de la
guerre, après le départ de son allié, un départ
qui ressemblait à une défection ? Elle ne s'était
pas expliquée sur ses intentions, pas plus que sur
les sentiments que lui inspirait Hervé.

Et Hervé ne lui avait pas déclaré les siens.

Les derniers incidents de cette campagne de
huit jours l'avaient découragé. Il voulait se reposer et se recueillir. A l'activité qui s'était emparée
de lui tout à coup avait succédé une sorte de tor-
peur morale et physique. C'est un effet assez ordinaire du surmenage et des émotions répétées.

Cependant, il n'en était pas encore à se repen-
tir d'avoir pris parti pour la vengeresse d'Héva
Nesbitt. Il restait même prêt à l'appuyer encore,
quand viendrait le jour où elle réclamerait son
aide.

Il préférait seulement qu'elle agît sans lui,

jusqu'au moment où elle aurait besoin d'un dé-
fenseur.

Cela pouvait arriver, car Bernage et son complice n'étaient pas abattus ; ils savaient qu'elle
était leur plus dangereuse adversaire et ils ne
reculeraient devant rien pour se débarrasser
d'elle.

Ces bandits ne regardaient pas à un crime de
plus ou de moins.

Alors, Hervé risquerait tout pour secourir la
marquise.

Mais puisqu'il était décidé à temporiser, il ne
pouvait mieux faire que de se terrer en Cornouailles pour attendre les événements.

Ses intérêts l'y appelaient : des fermages ar-
riérés à recevoir, des créances douteuses à faire
rentrer. M. de Bernage avait acheté les terres et
le château et il n'y avait plus à y revenir, puisque promesse vaut vente, mais l'acte n'était pas
encore signé et, provisoirement, Hervé de Scaër
continuait à exercer ses droits de propriétaire.

Les six mois accordés aux instances de Mᵐᵉ de
Mazatlan n'étaient pas de trop pour lui permettre de rassembler toutes ses ressources avant de
s'embarquer et il tenait à en profiter.

Le prix de la coupe de bois qu'il avait touché
récemment suffirait et au delà à le défrayer
pendant son séjour en Bretagne, et il espérait

recouvrer sur place d'autres sommes assez importantes.

Il s'attendait du reste à être contraint de sortir du château, dès que la vente serait consommée, et il ne faisait, pour ainsi dire, qu'y camper, car il s'était établi dans une chambre située sous les toits et très sommairement meublée.

Alain, qui l'avait suivi avec l'obéissance passive qu'un soldat doit à son officier, et qui se préparait à le suivre au bout du monde, Alain ne gardait plus les chèvres.

Son maître l'avait équipé en garde-chasse et l'emmenait avec lui dans ses tournées sur ses domaines.

Alain, du reste, n'était plus le même homme. Lui, si ardent à se venger des misérables qui l'avaient fait veuf, il ne parlait plus d'eux, et depuis son retour au pays, il n'avait pas prononcé une seule fois le nom de Zina.

Il était devenu si taciturne et si sauvage que ses camarades de ferme le croyaient un peu fou. Ils l'appelaient entre eux « l'innocent ». C'est le mot dont se servent les Bretons pour désigner ceux dont l'intelligence s'est évaporée et ils les croient visités de Dieu.

Alain les laissait dire et, s'il avait perdu la parole, il n'avait pas perdu la mémoire, car il ne cessait pas de penser aux catastrophes qui avaient ramené son maître en Bretagne.

Scaër ne s'était pas séparé de la marquise sans échanger avec elle une promesse de correspondance réciproque.

La promesse avait été tenue de part et d'autre. Mais les lettres de Mᵐᵉ de Mazatlan, fréquentes d'abord, s'étaient peu à peu faites plus rares.

Elles ne lui avaient d'ailleurs rien annoncé de nouveau depuis son départ. M. de Bernage, écrivait-elle, ne paraissait pas avoir été inquiété par la justice, car il continuait à mener le même train. Sa fille n'était pas encore mariée. M. Ricœur de Montréal n'avait pas quitté Paris et il avait toujours ses grandes entrées chez M. de Bernage,

Mᵐᵉ de Cornuel ne se montrait plus au Bois en voiture découverte avec son élève, mais elle habitait encore l'hôtel du boulevard Malesherbes.

La police cherchait toujours, mais il ne paraissait pas qu'elle eût trouvé ni l'incendiaire, ni les voleurs de cadavres que Scaër n'avait pas omis de signaler à la marquise.

On démolissait la maison de la rue de la Huchette, aux frais de la ville, pour cause de danger public ; on avait dragué la Seine en amont du pont de l'Hôtel-Dieu, et les journaux annonçaient qu'on y cherchait la preuve d'un crime mystérieux.

Mᵐᵉ de Mazatlan croyait savoir qu'on prenait

des renseignements sur M. Georges Nesbitt, en France, en Amérique et en Chine.

Elle espérait plus que jamais que la lumière se ferait et, pour y aider, elle avait écrit de son côté à New-York et à la Havane.

Elle priait Scaër de prendre patience et elle lui laissait entrevoir qu'elle pourrait bien venir en personne, à Trégunc, lui apporter de bonnes nouvelles.

Ces lettres étaient écrites sur un ton de familiarité affectueuse, et si Hervé avait voulu lire entre les lignes, il aurait facilement deviné que la marquise avait une forte inclination pour lui.

Mais il se raidissait contre cette idée et il persistait à répondre assez froidement. Son caractère s'était assombri, il se fatiguait d'attendre et il lui prenait assez souvent des envies de s'embarquer sans tambours ni trompettes, en secouant la poussière de ses souliers sur ce sol ingrat où il n'avait eu que des revers.

Il n'attendait pour cela que la prise de possession par M. de Bernage des domaines hypothéqués et, à son grand étonnement, les choses restaient en l'état. Les notaires ne bougeaient pas, et M. de Bernage ne donnait pas signe de vie.

Vers le milieu du mois de juin, il reçut de Mme de Mazatlan une lettre énigmatique. Elle lui apprenait qu'elle allait être obligée de s'absenter pour trois semaines et elle lui laissait entendre que ce voyage très prochain avait pour but de mettre fin à des incertitudes qui se prolongeaient beaucoup trop.

Elle attribuait les lenteurs de l'enquête secrètement poursuivie à la situation politique. On était en pleine période plébiscitaire. Il y avait chaque jour des troubles dans la rue. On brisait les kiosques et les sergents de ville chargeaient la foule. Il s'ensuivait que la police, ayant fort à faire pour réprimer ces désordres, ne s'occupait guère de chercher les auteurs d'un crime que la prescription de dix ans allait bientôt couvrir.

La marquise terminait en priant Hervé de ne pas bouger de Trégunc avant le 15 juillet et en lui promettant qu'à cette date, elle le tirerait d'inquiétude.

Cette épitre avait achevé de refroidir le zèle d'Hervé. Il s'était promis de ne pas dépasser le terme qu'elle lui fixait et de quitter la France sans remettre les pieds à Paris.

Rien ne le retenait plus en Bretagne. Les rentrées s'étaient faites mieux qu'il ne l'espérait. Il avait devant lui un capital suffisant pour payer son passage et celui d'Alain en Australie, et pour entreprendre là-bas de refaire sa fortune.

Il décida qu'il partirait le 20 juillet pour l'Angleterre où il trouverait un paquebot de la grande ligne australienne, passant par le canal de Suez, ouvert depuis six mois.

L'exécution de ce projet était subordonnée à l'arrivée de la marquise ou des nouvelles qu'elle avait promis de lui donner, mais quand un mois se fut écoulé sans qu'il eût rien reçu, il commença ses préparatifs de départ.

Ils n'étaient pas compliqués, car il portait tout avec lui, comme le philosophe grec, et il n'avait pas à rendre compte de ses actes, pas même à ses créanciers hypothécaires, puisque M. de Bernage se substituait à lui, comme acquéreur de la totalité des biens immeubles.

Cinq jours avant la date qu'il s'était fixée, il était en mesure de se mettre en route. Il comptait traverser la presqu'île bretonne et prendre, à Saint-Malo, le bateau de Jersey et de Southampton.

Il lui en aurait coûté de partir sans revoir les coins de terre dont le souvenir vivait dans son cœur : le dolmen de Trévic où lui était apparue jadis cette fée qui devait plus tard influer sur sa destinée, et aussi le cottage qu'avait habité Héva Nesbitt, et ces ruines du château de Rustéphan qu'il avait tant de fois visitées avec elle.

Il se décida à faire ces trois excursions, le même jour, et il partit de grand matin, à pied, escorté par le fidèle Kernoul.

On était au premier mois de l'été. C'est la belle saison de la Bretagne, car, au printemps, les genêts et les ajoncs se couvrent déjà de fleurs d'or, mais il pleut trop souvent.

Ce jour-là, le ciel était d'azur, le vent qui soufflait du nord tempérait l'ardeur du soleil et la mer, abritée par les rochers de la côte, s'étendait à perte de vue comme une immense nappe bleue.

On la voyait du château et, en moins d'une heure, ils arrivèrent à la pointe où se dressait l'énorme monument druidique, placé là comme une sentinelle avancée.

Hervé, très ému, se taisait. Alain, qui ne parlait pas souvent, lui dit en lui montrant le large :

— Voyez donc, notre maître !... c'est comme le jour où la dame a débarqué, il y a trois ans.

Scaër regarda et vit un petit bateau à vapeur qui manœuvrait à deux ou trois kilomètres de la terre.

— Il n'est pas si grand ni si bien gréé que le yacht qu'elle montait, reprit la gars aux biques.

— Ce n'est pas un bateau de pêche, murmura Scaër.

— Tout de même, notre maître. Il en vient comme çà de Nantes, loués par des gros négociants qui s'amusent à prendre du poisson aux Glenans.

— On dirait que celui-là cherche un mouillage... c'est singulier...

Une pensée venait de traverser l'esprit de Scaër.

Il se disait:

— Si c'était elle?

Sans nouvelles de la marquise de Mazatlan qui, depuis un mois, ne lui écrivait plus, Hervé se demandait si elle avait eu l'idée de lui faire une surprise, en débarquant à l'improviste sur cette côte où il l'avait déjà rencontrée.

Il l'espérait presque. Elle était bien assez riche pour avoir acheté un nouveau yacht et repris la vie sur l'eau qu'elle avait menée avant d'être veuve.

On croit volontiers ce qu'on désire, et, sans se l'avouer à lui-même, Hervé ne désirait rien tant que de la revoir.

— Non, notre maître, dit Alain ; le voilà qui met le cap sur les îles. C'est bien ce que je pensais. Et puis, la dame naviguait sous pavillon espagnol et je vois le pavillon tricolore à l'arrière du bateau.

Ce n'était pas une raison concluante, car Mme de Mazatlan, Française par son père, avait bien pu arborer les couleurs de son pays d'origine. Mais la supposition d'un retour par mer était si invraisemblable que Scaër ne s'y arrêta pas longtemps.

Il se contenta de faire le tour du dolmen et, pour se soustraire à l'obsession du souvenir, il reprit le chemin qui aboutissait à la grande route de Pontaven, sans se retourner pour observer les manœuvres du yacht.

Cette route, il l'avait suivie bien souvent avec Héva Nesbitt, qu'il reconduisait chez sa mère, à travers les landes, et il la connaissait mieux que la rue de la Paix.

Elle traverse une contrée sauvage et elle est si peu fréquentée qu'on n'y rencontre guère que de loin en loin un pâtre, assis sur le revers d'un fossé.

On se croirait au temps des Druides. On ne voit que des landes, des pierres et le ciel.

Ce paysage mélancolique n'était pas fait pour distraire de ses sombres pensées le dernier des Scaër. Il s'y laissait aller et il ne regrettait pas d'avoir entrepris, avant de s'expatrier, ce triste pèlerinage aux lieux où il avait aimé pour la pre mière fois.

Il oubliait ses récentes aventures, comme on oublie un mauvais rêve, et il évoquait le souvenir de sa jeunesse.

Chaque bloc de granit lui rappelait un incident de ses promenades à deux. Héva leur avait donné des noms, d'après leurs formes. L'un était : l'autel; un autre : la chaise du diable ; un autre: l'éléphant.

Il y en avait un au bord de la route, posé en équilibre sur une roche conique, une pierre bran- lante, comme on dit, que l'effort d'un seul homme

fait osciller. La légende bretonne affirme qu'elle
ne bouge pas quand la femme de celui qui essaie
de la mettre en mouvement est infidèle. Héva ne
manquait jamais d'exiger que le fiancé de son
cœur tentât l'épreuve, et c'était des rires joyeux
lorsque la pierre se balançait sous la moindre
pression de la main d'Hervé.

La maisonnette qu'elle avait habitée avec sa
mère était à plus d'une lieue de là, près du ha-
meau de Kergoz, et en interrogeant Alain, Hervé
apprit qu'elle était occupée depuis deux mois par
une colonie d'artistes qui l'avaient louée pour la
saison et qui y menaient joyeuse vie.

Fontainebleau ne suffit plus aux paysagistes
parisiens. Beaucoup viennent chercher des su-.
jets d'études au fond de la Bretagne. Ils ont pris
possession du bourg de Pontaven ; la salle à
manger de la principale auberge est tapissée de
leurs peintures et ils explorent les bois qui
bordent le cours de l'Aven, une petite rivière
dont les eaux claires vont se jeter dans la mer, à
quelques kilomètres de ce Barbizon armori-
cain.

Le renseignement fourni par le gars aux biques
décida Hervé à modifier son itinéraire. Il ne se souciait pas de tomber au milieu d'une bande de ra-
pins chevelus qui l'auraient empêché de se recueillir en visitant le cottage où la chère morte
avait vécu. Il n'y tenait pas d'ailleurs essentiel-

lement, car il n'y était entré que deux ou trois fois pendant que la mère et la fille l'habitaient. Il renonça donc à s'y arrêter, préférant revoir les ruines de Rustéphan où il était venu si souvent avec Héva et où il espérait n'être pas troublé par les gaietés bruyantes de ces messieurs.

Rustéphan est un château bâti au quinzième siècle et ruiné pendant les guerres de religion. Il n'est pas au bord de la route et les touristes ont quelque peine à le découvrir au milieu des arbres d'un immense verger attenant à une ferme. Il faut, pour y arriver, ouvrir des barrières et franchir des échaliers.

C'était une des promenades favorites de la jeune Américaine qui se plaisait à escalader les obstacles et même à grimper, par un chemin périlleux, jusqu'au faîte de la seule tour qui soit restée debout et que couronne une plate-forme d'où l'on a une vue magnifique sur les landes et sur la mer.

Hervé comptait bien faire encore une fois, ce jour-là, l'ascension du donjon et passer une heure ou deux à méditer, là haut, sur les vicissitudes de la vie.

Il fut un peu surpris de voir, stationnant sur la grande route, un immense break, dont les chevaux avaient été dételés et emmenés. Le cocher étant sans doute allé leur donner l'avoine et boire un coup à la ferme, personne n'était resté pour garder la voiture, quoiqu'on y eût laissé des sacs et des couvertures de voyage.

Il n'y avait pas de quoi s'étonner, car en cette saison, ils ne sont pas rares les étrangers qui parcourent à petites journées ce coin si curieux du Finistère, mais dans la disposition d'esprit où se trouvait Hervé, tout incident le préoccupait.

Il s'était inquiété du yacht qui croisait devant la pointe de Trévic; il s'inquiétait maintenant de ce break. Il se demandait ce qu'il faisait là et quels voyageurs il avait amenés.

— Ça ne vient pas de Pontaven, dit Alain. Je connais tous les loueurs du bourg et je ne leur ai jamais vu cette carriole-là. C'est de Lorient ou de Vannes. Des Parisiens qui vont à Quimper et à Pénmarc'h par Concarneau.

Scaër était du même avis que le gars aux biques et il pestait contre ces touristes malavisés qui avaient sans doute envahi les ruines, un instant avant qu'il arrivât.

Pour se consoler de ce contre-temps, il se dit qu'ils n'y feraient probablement pas un long séjour et qu'il en serait quitte pour attendre sous les chênes d'alentour qu'ils eussent fini d'explorer ces vénérables restes de l'architecture féodale.

Il s'engagea donc dans le chemin à peine tracé qui y conduit et il arriva au champ planté qui les entoure.

De ce côté, le château présente une de ses trois faces qui ont résisté au temps, — la quatrième n'existe plus, — et un grand pan de muraille masque la cour intérieure où l'on entre par une porte ogivale, à droite, près de la grosse tour.

La ferme est à une certaine distance et ses habitants ne se montraient pas.. Les touristes non plus. Seulement, on entendait des éclats de voix et des rires.

Bientot, un bruit tout particulier frappa les oreilles d'Hervé qui s'était rapproché de la muraille, le bruit que fait en sautant le bouchon d'une bouteille de vin de Champagne.

— Je suis tombé sur des gens qui déjeunent là... c'est le comble de la déveine, dit-il entre ses dents.

Et pour savoir définitivement à quoi s'en tenir, il s'avança jusqu'à la porte béante.

Il avait deviné. Deux messieurs et une dame, assis sur des pliants et servis par un groom en livrée, trinquaient gaiement devant une table portative sur laquelle le couvert était mis.

Hervé ne put retenir un cri de surprise en reconnaissant les convives, qui répondirent par des exclamations si retentissantes que les corneilles perchées sur les créneaux s'envolèrent.

Ils accoururent tous les trois, le verre en main, et ils se mirent à danser une ronde autour du châtelain de Trégunc, stupéfait de trouver là

Pibrac, l'interne Delle et Mlle Margot, tous plus ou moins gris et parlant tous à la fois.

— Te voilà ! tu n'es donc pas parti pour l'Australie ?

— Bonjour, cher Monsieur. Donnez-moi donc des nouvelles de mon blessé de l'Hôtel-Dieu.

— Prince Breton, je vous salue !... Pas gai, votre pays ! . . . je préfère le foyer du Châtelet.

— Ah ! çà, d'où sortez-vous ? demanda Scaër abasourdi.

— Et toi, mon vieux ? répliqua Pibrac.

— Moi, je demeure tout près d'ici.

— Tiens ! c'est vrai... je l'avais oublié.

— Alors, ce n'est pas pour me voir que tu es venu ?

— Ma foi, non !.. c'est une idée de Margot qui a lu des romans où l'on parle de la Bretagne... et je lui ai payé le voyage .. ça ne me gêne pas... j'ai gagné mille louis aux courses et sept cents louis au baccarat... J'ai invité Delle qui vient de passer triomphalement son examen et qui peut s'offrir deux mois de vacances... Ce que nous faisons la fête depuis notre départ de Paris, tu ne peux pas te le figurer !...En poste, tout le temps !... dans un breack que j'ai acheté à Nantes... et nous en sommes à notre troisième panier de Moët... nous le finirons à la pointe du Raz... Mais il ne s'agit pas

de ça ... tu vas nous recevoir dans ton château...
tes vassaux seront *épatés*... et s'il y a un *pardon*
Margot y dansera un pas de caractère. A propos...
il est donc encore à toi, ton château ?...

— Pas pour longtemps.

— Oui, je comprends... Bernage va te sommer,
un de ces jours, de lui céder la place. Tu sais
que sa fille n'est pas encore mariée ?

— On me l'a dit.

— Il ne quitte pourtant pas son Canadien,
mais il ne l'a pas encore présenté au Cercle. Et
tu ne seras pas fâché d'apprendre qu'il court de
mauvais bruits sur leur compte.

— Ça ne m'étonne pas.

— Ils ne valent pas mieux l'un que l'autre,
dit Margot.

— Et ce garçon que j'ai laissé avec vous
sur la place Vendôme ? demanda l'interne.

— Il n'est pas loin d'ici, dit Hervé.

Alain, par discrétion, était resté dans le verger.

— Je voudrais bien le revoir.

— Vous le verrez tout à l'heure.

— On ne l'a plus inquiété ?

— Non, et j'espère qu'on ne l'inquiètera plus,
car je vais quitter la France et je l'emmènerai
avec moi.

— Comment !... tu pars ! s'écria Pibrac. Tu
lâches ta patrie !

— Il le faut.

— Vous partez au bon moment, dit l'interne. La guerre est déclarée.

— La guerre ? répéta Hervé qui, depuis huit jours, ne lisait plus les journaux.

— Eh ! oui, la guerre avec la Prusse. Et j'ai bien envie de demander à servir comme chirurgien auxiliaire.

— Une drôle d'idée que tu as là, dit Pibrac. On n'aura pas besoin de toi. Les zouaves seront à Berlin dans six semaines.

— Je ne crois pas... et même...

— Ah ! mais, vous n'allez pas nous embêter avec la politique ! interrompit Margot. Prince Breton, venez prendre le café pendant qu'il est chaud. Tais-toi, Ernest ! Tu n'iras pas à la guerre, puisque tu t'es payé un remplaçant. Laisse ce toqué de Delle s'engager, si ça lui fait plaisir et offre-moi un verre de chartreuse.

— Ça va ! dit Pibrac en donnant le bras à la donzelle pour la ramener à la table où le café les attendait.

Hervé suivit machinalement. La nouvelle qu'il venait d'apprendre avait changé le cours de ses idées. Il se disait que cette guerre arrivait à point et qu'au lieu d'aller chercher aux antipodes la fortune ou la mort, il ferait mieux de se battre pour son pays.

L'interne, qui marchait à côté de lui, reprit à demi-voix :

— Voulez-vous que nous causions en tête-à-tête, cher Monsieur? J'ai à vous parler de choses qui vous intéresseront et qui n'intéresseraient pas notre ami.

— Je ne demande pas mieux, répondit Hervé, un peu surpris de cette ouverture.

Il connaissait très peu M. Delle et il ne devinait pas de quoi ce jeune homme voulait l'entretenir en particulier.

— Bon! dit l'interne; seulement, il faut trouver un prétexte pour quitter momentanément Pibrac et sa compagne, car je tiens à ce qu'ils ne se doutent de rien.

Et presque aussitôt :

— Je crois que je le tiens, le prétexte. Laissez-moi faire.

Le couple si bien assorti était déjà attablé et Margot versait à la ronde le cognac et la chartreuse pour appuyer le café qui fumait dans les tasses.

— N'avez-vous pas honte ? leur cria-t-il. Vous ne pensez qu'à boire des petits verres au milieu de ces ruines imposantes !... vous auriez aussi bien fait de rester sur le boulevard et de vous asseoir à la terrasse du café de la Paix. Moi, je prétends les visiter en détail.

— Hé! va donc, archéologue de carton! ricana Pibrac.

— Et je suis sûr que M. de Scaër aura l'obligeance de me servir de cicerone à travers ces nobles débris du moyen âge.

— Très volontiers, dit Hervé.

— Peut on monter sur cette tour?

— Ce n'est pas très commode... il y a bien un escalier, mais il y manque des marches, par-ci, par-là.

— Ça m'est égal. Au collège, j'ai eu un premier prix de gymnastique. Je n'ai même jamais eu que celui-là.

— Alors, tout ira bien. Je connais le chemin depuis le temps où je grimpais là-haut pour y dénicher les chouettes.

Et vous serez payé de vos peines, car vous découvrirez toute la côte, depuis la baie de la Forest jusqu'à l'anse du Pouldu, comme si vous aviez sous les yeux une carte géographique.

C'est une vue à vol d'oiseau.

— Voilà qui m'est égal! s'écria Pibrac.

Allez, mes enfants, allez vous casser le cou pour contempler l'Océan. Moi, je vais fumer une pipe, en attendant qu'il vous plaise de descendre.

Delle emmena Hervé, qui ne demandait qu'à s'aboucher avec lui, car il pressentait que l'interne avait à lui faire une communication importante.

Ils entrèrent ensemble dans la tour qui, à l'intérieur, avait l'aspect d'un puits recouvert d'une calotte de pierre.

Des trois étages qu'elle avait jadis, il ne subsistait rien qu'une plate-forme, au sommet, suspendue en l'air et menaçant ruine, mais se soutenant grâce à la solidité de son architecture.

Au moyen âge on bâtissait mieux qu'à présent.

L'escalier, pris dans l'épaisseur du mur, avait résisté aussi au temps et aux sièges soutenus par le château, et quoiqu'il présentât deux ou trois solutions de continuité, il était encore praticable.

Delle et Scaër, jeunes et lestes tous deux, le gravirent sans peine. Aussitôt arrivé sur la plate-forme, l'interne se mit à regarder en bas, au lieu d'examiner le panorama.

— Les voilà attablés, murmura-t-il. Margot boit de la chartreuse et Pibrac boit de l'eau-de-vie. Ils ne nous dérangeront pas. Mais... n'est-ce pas mon blessé qui se promène sous les arbres du verger ?

— Lui-même, répondit Hervé. Je l'y ai laissé, parce que je ne savais pas que vous étiez là, mais je l'appellerai.

— Quand nous serons descendus. Il n'a pas besoin d'entendre ce que j'ai à vous dire.

— Parlez, je vous en prie.

— Moi, je vous supplie de ne pas croire que je cherche à surprendre vos secrets, en me mêlant de ce qui ne me regarde pas. Le hasard m'a mis au courant de certains faits qu'il peut vous importer de connaître et dont je n'ai pas encore dit un mot à qui que ce soit... pas même à notre ami Pibrac qui n'est pas discret. A vous, c'est différent, et comme je n'ai pas promis de me taire, je vais vous apprendre tout ce que j'ai su depuis votre départ.

— Sur Alain? demanda Scaër, de plus en plus étonné et même un peu défiant.

— Sur ce garçon, et sur d'autres personnes. Il faut d'abord que je vous dise de qui je tiens mes renseignements. Je n'aime pas les policiers, vous le savez, mais j'ai un parent qui occupe de hautes fonctions à la préfecture de police... que voulez-vous!... on n'est pas parfait... et du reste, il fait bon avoir des amis partout, comme vous allez voir. Ce parent a su que c'était moi qui avais soigné à l'Hôtel-Dieu l'homme qu'on accusait d'avoir mis le feu rue de la Huchette, que je m'étais occupé de lui faire obtenir son exeat, que vous étiez venu me le recommander, et qu'après sa sortie j'étais entré en relations avec vous. Il a su tout cela par les rapport de ses agents, car depuis l'incendie, Alain a toujours été surveillé.

— Je m'en suis aperçu.

— Oui, puisque vous avez eu affaire à un commissaire, une nuit...

— Vous savez cela!

— Mon parent m'a fait appeler quelques jours plus tard et m'a demandé ce que je pensais de votre compatriote... et de vous. Vous devinez ce que je lui ai répondu. J'ai pour vous autant d'estime que de sympathie.

— C'est réciproque.

— Je l'espère, et je reviens à mon récit. Mon parent était déjà très bien disposé pour vous, et comme il me porte beaucoup d'amitié... je me flatte même qu'il fait cas de mon jugement... il n'a pas craint de me parler de votre cas. Il m'a raconté votre rencontre nocturne avec ce commissaire et ce qui s'en est suivi. J'ai su par lui que vous étiez parti brusquement pour la Bretagne, qu'on vous y laisserait tranquille et qu'on recherchait activement l'auteur ou les auteurs de deux ou trois crimes anciens ou récents.

— Quoi! il vous a parlé non seulement de l'incendie, mais encore de...

— Il m'a parlé de la disparition, il y a dix ans, du propriétaire de la maison, et il m'a dit qu'on menait très secrètement une enquête sur cette disparition inexplicable. Il a même ajouté que vous aviez indiqué au commissaire la marche à suivre pour éclaircir ce mystère et que vous lui aviez donné un avis très judicieux.

— Je lui ai conseillé de s'informer en Amérique.

— C'est ce qui a été fait, je crois. Mon parent ne m'en avait pas dit davantage, mais pendant ces quatre derniers mois, j'ai eu quelquefois l'occasion de le revoir et j'ai su de lui qu'on était sur une piste, qu'on n'avait pas encore de preuves positives, mais qu'on en aurait bientôt, et que les coupables seraient arrêtés, quelle que fût leur situation sociale.

— Il sait donc que ce sont des gens du monde?... des gens riches?

— Probablement. Et j'ai retenu des paroles qu'il a prononcées et que je vais vous répéter. Je n'en avais pas d'abord compris la portée... j'ai réfléchi depuis, et je crois avoir deviné à quel acte de votre vie il faisait allusion en me disant textuellement ceci : « Votre Breton s'est conduit comme un vrai gentilhomme. Il n'a pas hésité entre son intérêt et son honneur. Il a sacrifié son intérêt et il n'a dénoncé personne. Nous ferons ce qu'il ne pouvait pas faire et chacun sera traité selon ses œuvres. »

Ce langage peu clair ne compromettait pas le haut fonctionnaire qui l'avait tenu, mais Scaër n'eut pas de peine à comprendre qu'il visait la rupture de son mariage et le silence qu'il avait gardé, par pitié pour la fille de l'assassin qui avait été sa fiancée.

— Les indiscrétions de Pibrac m'ont éclairé, reprit l'interne. Je ne connais pas M. de Bernage, ni les gens qui l'entourent, mais je crois bien que la police s'occupe d'eux.

— Je m'étonne qu'elle n'ait rien trouvé, dit évasivement Hervé.

— Elle aurait trouvé, si elle ne s'occupait pas tant de la politique, depuis qu'il y a des troubles dans la rue.

C'était précisément ce que la marquise avait écrit à Hervé.

— Et, continua M. Delle, il est à craindre que de nouveaux événements ne lui donnent encore plus de besogne. La guerre qu'on vient de déclarer agite déjà tout le pays. Le désordre est partout, et les agents ne suffisent pas à assurer la tranquillité dans Paris. Les coquins vont avoir beau jeu.

Maintenant, cher Monsieur, vous voilà renseigné. Je tenais à vous dire tout cela en tête-à-tête. Pibrac n'est pas sérieux et Margot l'est encore moins que lui, si c'est possible. Si je me suis décidé à voyager avec eux, c'est que la guerre, je le prévois, va m'empêcher de terminer mes études et que je n'étais pas fâché de me distraire un brin avant de m'engager dans une ambulance comme je me propose de le faire, la semaine prochaine, en rentrant à Paris. Je ne regrette pas d'être venu, puisque je vous ai rencontré... et peut-être tranquillisé sur les suites de votre aventure de cet hiver.

Hervé remercia chaleureusement l'interne et il eut bonne envie de lui en dire et de lui en demander davantage. Maintenant, il avait pleine confiance dans ce brave jeune homme qui aurait pu être pour lui un précieux auxiliaire, non seulement à cause de ses relations de parenté avec un employé supérieur de la préfecture de police, mais aussi parce qu'il était loyal et avisé.

Malheureusement, il aurait fallu lui parler du rôle qu'avait joué en cette affaire Mme de Mazatlan et Hervé ne se croyait pas le droit de la mettre en cause, en racontant que c'était elle qui lui avait signalé les assassins de sa cousine Héva.

Et puis, une idée fixe venait de se loger dans la tête du dernier des Scaër. Il était las de se débattre dans les incertitudes d'une situation sans issue et, pour en sortir, il voulait s'engager dans l'armée. Il avait jadis manqué Saint-Cyr ; mais il était bon à faire un simple soldat, dût-il servir dans l'infanterie, en dérogeant aux traditions de sa race. Ses aïeux avaient toujours combattu à cheval, depuis le temps des croisades. Un Scaër ruiné pouvait bien se battre à pied, comme les gars Cornouaillais.

— Nous ferions bien, je crois, de descendre, reprit l'interne. Je vois que Pibrac nous appelle en gesticulant. Son groom plie bagage et le cocher est allé atteler.

— J'aurais voulu vous offrir l'hospitalité chez moi, dit Hervé, mais...

— Oh ! je comprends que vous ne vous souciez pas d'héberger Margot. Cette créature a le diable au corps et elle scandaliserait vos paysans. Laissez-les filer sur Concarneau, avec moi. Nous y coucherons ce soir, et nous devons partir demain pour Penmarc'h par Quimper. Je dirai que je suis fatigué et, si vous le permettez, j'irai vous voir, sauf à les rejoindre après-demain.

— Je serai bien heureux de vous recevoir.

— Et moi de passer une journée avec vous.

L'interne, en causant, s'était assis sur le parapet du donjon. Pour partir, il sauta brusquement sur la plate-forme et il faillit tomber la face en avant, car la dalle sur laquelle il prit pied céda sous son poids et s'effondra, en soulevant un nuage de poussière.

Il n'eut que le temps de se reculer vivement pour ne pas disparaître dans un trou.

— Diable ! dit-il, elle n'est pas solide la tour de Rustéphan. Un peu plus et je m'enfonçais dans le troisième dessous.

Hervé n'en revenait pas de cet accident. Quatre siècles avaient passé sur le donjon presque sans l'ébrécher et le pavé de granit de la plate-forme n'avait pas résisté à un choc assez faible.

C'était à n'y rien comprendre.

Delle, qui aimait à se rendre compte des effets et des causes, s'était mis à genoux pour examiner le fond de l'excavation.

— Je ne serais pas tombé de bien haut, dit-il. Le creux n'a pas deux mètres de profondeur... mais je crois bien qu'il y avait ici une oubliette... et elle a dû servir... car il en sort une odeur que je connais bien... ça sent l'amphithéâtre d'anatomie.

Hervé la sentait aussi cette odeur caractéristique. Elle lui arrivait par bouffées et elle lui rappelait le souvenir d'une scène nocturne à laquelle il avait assisté dans la maison de la rue de la Huchette, quatre mois auparavant, lorsque les assassins du malheureux Nesbitt avaient tiré de la muraille le corps de leur victime pour le traîner dans la Seine.

Et Hervé, saisi d'horreur, se demandait en frissonnant si ces misérables en avaient caché un autre sous les dalles de la plate-forme.

C'était trop de cadavres. Le cœur lui manquait.

— Il faut voir ça de près, dit l'interne. C'est curieux et ça rentre dans ma spécialité. Seulement, je ne tiens pas à dégringoler du haut en bas de la tour et je vais commencer par éclairer le trou avant d'y descendre.

Il tira de sa poche une boîte d'allumettes et un journal dont il arracha un fragment qu'il roula de façon à l'empêcher de brûler trop vite ; après quoi il y mit le feu et il le lâcha dans la cavité que la dalle, en tombant, avait laissée à découvert.

Penché sur l'ouverture, il suivit des yeux ce luminaire volant jusqu'à ce qu'il eût touché le fond, où il acheva de brûler.

— Parfaitement, dit-il, je ne m'étais pas trompé. Il y a un squelette là-dedans... et très bien conservé, ma foi!... S'il était là depuis des siècles, il ne serait pas en si bon état... et il sentirait moins mauvais... C'est un squelette contemporain... et non pas celui d'un vassal qu'un seigneur du moyen âge aurait jeté dans les oubliettes. Je calomniais les châtelains de Rustéphan.

Ces plaisanteries horripilaient Hervé de Scaër, et elles étaient vraiment de mauvais goût. Il ne comprenait pas que Delle prît ce ton dégagé pour annoncer une lugubre trouvaille. Il oubliait que les études médicales de ce brave garçon l'avaient blasé sur les spectacles répugnants et qu'un interne des hôpitaux n'envisage la mort et ses suites qu'au point de vue scientifique.

—N'importe! reprit Albert Delle, le malheureux qu'on a mis là n'y est pas venu de son plein gré... il faut qu'on l'ait assassiné... Un crime à quarante mètres en l'air, quel joli titre de roman!... Qui l'a commis, ce crime?... et pourquoi l'a-t'on commis sur le haut de cette tour?... vous qui êtes du pays, qu'en pensez-vous, cher Monsieur?

Et comme Hervé ne répondait pas:

—Un gars qui aurait servi de guide à un touriste amateur de beaux points de vue aurait bien pu l'assommer ici pour lui prendre son argent et l'enfouir dans ce trou. Personne ne l'aurait vu. Du reste, ce n'est pas mon affaire... je ne suis pas juge d'instruction... mais ça m'intéresse à un autre point de vue, et voilà une bonne occasion de faire un peu de médecine légale pendant mes vacances. Je vais examiner ce squelette inattendu, et je vous dirai tout à l'heure l'âge et le sexe du sujet, la cause et la date de la mort.

Le célèbre professeur Orfila fit jadis en ce genre un véritable tour de force.... Une vieille femme assassinée et enterrée depuis dix ans dans un jardin de la rue de Vaugirard... il ne restait que les os, et Orfila put dire comment elle était de son vivant et comment on l'avait tuée. Je vais essayer d'en faire autant, quoique je sois dans de moins bonnes conditions. Il n'est pas aussi commode de travailler là-dedans que sur une table d'amphithéâtre. Heureusement, j'ai de quoi m'éclairer. Mes poches sont bourrées de journaux. Depuis que la guerre est déclarée, j'achète tous ceux que je trouve.

Sans attendre que Scaër répondît à ce bavardage, l'interne se mit à plat ventre sur le bord de l'excavation et s'y laissa glisser.

Scaër, immobile et muet, le regardait et attendait, le cœur serré, qu'il s'expliquât.

Scaër craignait de deviner ce qu'il allait dire.

La dalle tombée était très large et un homme pouvait passer facilement par l'ouverture, mais le trou n'était pas très creux, car lorsque Delle eut pris pied, sa tête dépassait encore le niveau de la plate-forme.

Il disparut bientôt, en s'agenouillant au fond de la cavité et il se remit à allumer des papiers pour s'éclairer.

—J'avais bien vu! cria-t-il, c'est un squelette, en très bon état... il n'y manque pas un os, et si on le nettoyait un peu, il pourrait figurer au musée d'anatomie comparée... Je me demande comment on a pu le préparer si bien... l'assassin était peut-être du métier...

—Assez! murmura Scaër, écœuré.

—Tiens!... il y en a deux, reprit l'interne! voilà qui devient curieux!... qui diable a pu emmagasiner ici des squelettes?...

Scaër recula jusqu'au parapet et s'y adossa pour ne pas tomber. Ses jambes se dérobaient sous lui. Il avait compris et il ne se sentait plus le courage d'assister à cette horrible exploration.

L'interne leva les yeux et, ne le voyant plus penché sur le trou, il se remit à la besogne, mais il cessa d'annoncer à haute voix les résultats de ses recherches.

Peut-être s'était-il aperçu de l'effet que produisait sur Hervé ce langage d'étudiant sceptique,

mais il ne pouvait pas deviner la cause de son
émotion.

Hervé ne doutait presque plus d'avoir découvert
la place où le meurtrier d'Héva Nesbitt et de
sa mère avait caché leurs cadavres et cherchait
vainement à s'expliquer comment ils se trou-
vaient là.

On ne les avait donc pas conduites à Paris,
comme il l'avait cru. On les avait donc attirées
dans les ruines de Rustéphan et on les y avait
égorgées. C'était à n'y pas croire.

Delle ne reparut qu'au bout de dix minutes. Il
remonta sur la plate-forme, à la force du poignet,
et il vint droit à Scaër en disant :

—Je n'ai pu compléter mes observations...
j'ai brûlé tous mes journaux et je n'y voyais plus
clair... mais j'en sais assez... j'ai recueilli les
éléments d'un rapport que mon professeur de
médecine légale pourrait signer, je m'en flatte.
Voici : le premier squelette est celui d'une jeune
fille... presque une enfant... l'autre est celui
d'une femme de quarante à cinquante ans... on
les a tuées toutes les deux en leur brisant le crâne
à coups de marteau ou à coups de bâton... en
style judiciaire, avec un instrument conton-
dant...; la mort remonte à une dizaine d'années.

On a dû brûler les cadavres, car les os sont
non pas calcinés, mais noircis par l'action du
feu qui a consumé seulement les vêtements et

les chairs. Je crois même qu'on les a brûlés
sur place, car le pavé est couvert d'une couche
de poussière noirâtre, qui répand une odeur
infecte.

Ce qui m'étonne, c'est que l'assassin ait pu
décider les malheureuses à monter sur cette
tour. Après ça, il les a peut-être assommées en
bas et traînées jusqu'ici... il fallait qu'il fût vi-
goureux et qu'il connût la cachette où il les a
fourrées... la dalle qui a cédé tout à l'heure sous
mon poids a été descellée, remise en place et
maçonnée à nouveau, dans un temps assez
récent... ça se voit aux cassures du plâtre...
autrefois, on cimentait mieux que ça... et en y
réfléchissant, je pense que l'assassin a été aidé
par un complice... il n'aurait pas pu faire tout
cela, seul.

Comment s'y sont-ils pris pour incinérer ?...
ça manque de bois, ici, et il n'y a pas de place
pour élever un bûcher à la mode antique... je
suppose qu'ils se sont servis de pétrole.

Hervé tressaillit en se souvenant que la maison
de la rue de la Huchette avait été brûlée au
pétrole.

C'était décidément le procédé habituel de cette
bande de brigands dont l'affreux Bernage était
le chef.

— Voilà ce que j'appelle un beau c--
reprit l'interne, et exécuté d'après une m

inédite. C'est, je crois bien, la première fois qu'on s'avise de cacher des cadavres au sommet d'une tour. C'est moins facile que de les enterrer ou de les jeter dans la mer, mais c'est plus sûr.

La mer rapporte quelquefois ce qu'on y jette et les laboureurs fouillent la terre. Je sais bien que des touristes intrépides ou des archéologues enragés auraient pu explorer et même creuser cette plate-forme, mais personne ne l'a fait. Il a fallu un hasard extraordinaire pour mettre à découvert cette espèce de caveau.

Hervé écoutait, sans mot dire, ces dissertations hors de propos. Delle s'avisa enfin qu'il tenait des discours oiseux.

— Qu'allons-nous faire maintenant? demanda-t-il.

— Rien, répondit nettement Scaër.

— Quoi! vous voulez vous en tenir là?...

— Pour le moment, oui.

— Diable!... c'est raide... car enfin si nous informions de cette trouvaille le procureur impérial de l'arrondissement, on chercherait les assassins et on les trouverait peut-être.

— Je les connais.

— Et vous préférez ne pas les dénoncer?

— Je n'ai pas dit cela. Ce que je veux, c'est que Pibrac et cette Margot ne sachent rien.

— Vous avez peut-être raison. Ils embrouilleraient l'affaire...

— Et elle ne regarde que moi. Demain, si vous venez à Trégunc, comme vous me l'avez promis, je vous dirai tout... mais partons, je vous en prie... je n'y tiens plus.

Delle regarda Hervé et lut sur son visage bouleversé les pensées qui l'agitaient.

— Partons, cher Monsieur, dit-il. Comptez sur ma visite demain.

Ils descendirent l'escalier plus rapidement qu'ils ne l'avaient monté et ils virent que le joyeux couple était parti pour aller rejoindre le break resté sur la grande route.

En revanche, ils rencontrèrent Alain, qui venait d'entrer dans la cour et qui reconnut à première vue M. Delle.

Il n'avait eu qu'à se louer de lui et il le salua en ôtant sa casquette de garde-chasse.

— Bonjour, mon garçon, lui dit l'interne en le gratifiant d'une poignée de mains. Votre maître m'a donné de vos nouvelles, mais je suis très content de voir que votre épaule va bien.

Le gars allait répondre en le remerciant de l'avoir si bien opéré à l'hôpital, mais Scaër l'interpella :

— Les gens qui étaient là, tout à l'heure, t'ont-ils vu ?

— Ils n'ont pas fait attention à moi, répondit Alain, et maintenant ils sont déjà loin d'ici. J'ai entendu rouler la voiture.

— Comment ! s'écria Delle, ils sont partis sans m'attendre... et sans me prévenir !

— J'ai entendu la dame qui disait au monsieur que ça vous apprendrait à les faire poser... et le monsieur a dit en riant : il nous rattrapera ce soir à Concarneau... il sait à quel hôtel nous logerons... il en sera quitte pour une étape à pied... l'exercice lui fera du bien.

— Il me la paiera, celle-là, grommela l'interne qui la trouvait mauvaise, comme on dit et comme on disait déjà dans ce temps-là.

— Vous n'irez pas jusqu'à Concarneau, répliqua vivement Hervé. Trégunc est beaucoup moins loin. Vous deviez y venir demain... j'espère que vous voudrez bien y coucher, ce soir.

— Ma foi ! j'accepte... et je vous jure qué je ne regretterai pas la compagnie que je viens de perdre.

— Moi, je serai très heureux que vous soyez mon hôte.

— Et Scaër ajouta en regardant d'une certaine façon l'interne :

— Nous causerons.

Il sous-entendait probablement : « quand nous serons chez moi, mais pas avant d'y être », car il n'ouvrit plus la bouche et Delle n'essaya pas de le faire parler en route.

Delle commencait à apercevoir les dessous de la situation. Il comptait sur des confidences prochaines et il n'avait pas besoin d'adresser à Hervé des questions indiscrètes.

On chemina silencieusement, deux heures durant, jusqu'à ce qu'on arrivât devant une large avenue de chênes qui conduisait au château.

Là, se tenait un jeune gars qui avait succédé à Alain Kernoul dans l'emploi de gardeur de chèvres et qui dit au maître, en bas-breton:

— Il y a au manoir un monsieur qui vous attend.

— D'où vient-il ? demanda Hervé dans le même idiome.

— Il vient de Paris, par mer, répondit imperturbablement le petit paysan.

— Que dit-il ? demanda l'interne qui naturellement ne savait pas un mot de breton.

— Il dit qu'un monsieur de Paris m'attend chez moi, répondit Hervé, et que ce monsieur est venu par mer. Je n'y comprends rien.

— Par le petit yacht qui tire des bordées sous la pointe de Trévic, dit entre ses dents Alain Kernoul.

— C'est vrai... je ne pensais plus à ce yacht... mais je ne devine toujours pas qui peut être ce visiteur.

— Il y a un moyen bien simple de le savoir, murmura en souriant M. Delle.

— C'est d'aller au château... vous avez raison... et vous ne serez pas de trop. Venez, mon cher.

L'interne ne se fit pas prier. Il en avait assez de marcher et il n'était pas fâché de se reposer. Il se disait d'ailleurs que Scaër pourrait avoir besoin de lui.

Ils se mirent à remonter ensemble, suivis de près par Alain, la grande avenue de chênes, au bout de laquelle se dressait l'antique manoir des seigneurs de Scaër, une construction massive et noire d'un aspect assez rébarbatif.

Ils n'échangèrent pas une parole en route.

Dans la cour qui précédait le château, pas une voiture. Le visiteur était venu à pied. Donc, Alain avait deviné. La côte de Trévic n'est pas loin. Ce monsieur avait dû débarquer là.

Les fenêtres du rez-chaussée étaient ouvertes et le soleil éclairait en plein une grande salle où Hervé recevait ses fermiers, quand ils apportaient leurs redevances en argent ou en nature, et plus rarement les châtelains d'alentour, quand il leur plaisait de voisiner.

Cette salle ressemblait à ce qu'on appelle en Angleterre un *hall*, en ce sens qu'elle était immense et très haute de plafond, mais elle ne brillait pas par l'ameublement.

Une longue table et des escabeaux en bois de chêne, quelques trophées de chasse accrochés au mur. C'était tout.

Un homme allait et venait la tête basse et les mains derrière le dos, un homme que Scaër reconnut dès qu'il l'aperçut.

Cet homme, c'était M. de Bernage.

Scaër pâlit, mais ce fut de colère, et sa réso-solution fut prise en une seconde. Il ne se demanda pas pourquoi l'assassin d'Héva venait le braver jusque dans ce château où il s'était réfugié en attendant qu'il le lui abandonnât.

Il ne pensa qu'à châtier tant d'audace.

— Tu le vois, dit-il en le montrant à Alain.

— Oui, notre maître, et je le reconnais bien.

— Il ne faut pas qu'il sorte d'ici. Tu vas monter la garde sous les fenêtres, pendant que je lui parlerai. Ne laisse approcher personne et tiens toi prêt à entrer quand je t'appellerai.

— J'ai compris.

L'interne comprenait à demi et il ne demanda pas d'explication à Hervé, qui lui fit signe de le suivre.

Ils gravirent ensemble les marches du perron et ils entrèrent de front dans un large corridor qui divisait en deux parties égales le rez-de-chaussée du château.

— Puis-je compter sur vous ? demanda Hervé.

— En tout et pour tout, répondit Albert Delle.

Hervé le remercia d'un coup d'œil et ouvrit la porte de la salle.

Bernage, en les voyant entrer tous les deux,

interrompit sa promenade et demanda, sans préambule, en désignant l'interne :

— Qui est Monsieur ?

— Que vous importe ? répliqua Scaër. Il est
avec moi, cela suffit. Vous n'avez pas besoin de
savoir son nom.

— J'ai besoin de vous entretenir en particulier.

— Et moi je veux qu'il assiste à notre entretien. Qu'avez-vous à me dire ?

— Rien, tant que vous ne serez pas seul. Je
vous préviens que vous regretterez d'avoir
refusé de m'entendre.

— Moins que vous ne regretterez, vous, d'être
venu ici.

— Ici ?... mais je suis chez moi, ici, puisque
j'ai acheté le château avec les terres. Ce serait à
vous d'en sortir.

— Est-ce pour m'en chasser que vous y êtes
entré ?

— Non, Monsieur. Et puisque vous me forcez
à parler devant un tiers, sachez que je viens, au
contraire, vous proposer de résilier notre con-
trat. Il n'est pas encore signé. Il ne tient qu'à
vous qu'il ne le soit jamais. Avant de quitter
Paris, j'ai prévenu mon notaire.

Prévenez le vôtre et il ne sera plus question
d'un projet auquel ni vous ni moi nous n'avons
plus aucun intérêt à donner suite. Il a pu nous
convenir autrefois, mais les circonstances ne

sont plus les mêmes. Notre situation à tous deux a changé.

—Complètement, je le reconnais, elle a changé il y a quatre mois, et je m'étonne que vous ayez attendu si longtemps avant de changer d'avis.

— J'hésitais, parce que, quoique j'aie eu fort à me plaindre de vous, je craignais de vous mettre dans l'embarras en renonçant à parfaire l'acquisition de vos propriétés... grevées de lourdes hypothèques. Mais il vient de survenir des événements qui me décident à quitter la France. La guerre, j'en suis convaincu, tournera très mal pour notre pays. J'ai engagé d'importantes affaires en Amérique. Je me suis décidé à aller les surveiller moi-même. Je me suis embarqué à Nantes et je vais traverser l'Atlantique sur un bateau à vapeur que j'ai acheté et qui me portera à New-York, avec ma fille et mon gendre.

J'aurais pu me dispenser de vous voir, mais je n'ai pas voulu passer tout près de la côte que vous habitez sans m'y arrêter pour vous notifier ma résolution de rompre nos anciennes conventions.

— Est-ce tout ?

— Oui, Monsieur. Je ne m'attendais pas à être si mal reçu par vous, mais j'ai fait ce que je devais faire et nous en resterons là.

— Vous croyez que nous en resterons là ? demanda Hervé, menaçant.

— Absolument. Vous n'avez pas, je suppose, l'intention de me retenir ici, contre ma volonté.

— Vous vous trompez.

— Qu'est-ce à dire?

— Et vous mentez. Vous êtes parti de Paris, parce que si vous y étiez resté, vous auriez été arrêté.

— Moi! ricana M. de Bernage. Et pourquoi, je vous prie?

— Comme inculpé de trois assassinats et d'un détournement de succession.

— Vous moquez-vous de moi ou perdez-vous l'esprit?

— Ni l'un ni l'autre. Mon cher Delle, veuillez donc répéter à monsieur ce que vous m'avez dit tantôt... parlez-lui des entretiens que vous avez eus avec un haut fonctionnaire de la police...

— Monsieur en est aussi sans doute? demanda Bernage avec une impudence rare.

— Non, Monsieur, dit froidement l'interne, mais le secrétaire général de la préfecture est mon parent, et je tiens de lui qu'on vous soupçonne fort de vous être défait du propriétaire d'une maison qui a brûlé au mois de février dernier.

— Je ne comprends pas, murmura Bernage. Scaër entra en scène en disant:

— Nierez-vous que vous ayez été, il y a dix

ans, l'associé de M. Georges Nesbitt, citoyen américain et négociant à Paris?

— Son associé, non. J'ai été avec lui en relations d'affaires, voilà tout... et ces relations ont cessé depuis longtemps.

— Elles ont cessé parce que vous l'avez tué.

Bernage haussa les épaules.

—Voulez-vous que je vous dise où et pourquoi vous l'avez tué ?... parce que vous vouliez vous emparer de sa fortune qui revenait par héritage à sa nièce, Héva Nesbitt, dont la mère était sa belle-sœur. Vous l'avez tué dans cette maison de la rue de la Huchette qu'il avait achetée pour les y recevoir... elles aussi, vous les avez tuées.. dans le pays où nous sommes... tout près de ce château que je vous ai vendu... Oh! les remords ne vous tourmentent pas... et vous aviez sans doute aussi de bonnes raisons pour vous établir à proximité de la tour où vous avez caché leurs cadavres, comme vous avez caché celui de Georges Nesbitt dans un mur de la maison à laquelle vous avez fait mettre le feu... vous l'avez enlevé celui-là et vous l'avez jeté dans la Seine... ne niez pas... je vous ai vu... vous et votre complice... ce misérable que vous avez choisi pour gendre... et je devine maintenant pourquoi vous êtes venu à Trégunc... pour y faire ce que vous avez fait rue de la Huchette... vous avez semé des cadavres et vous voudriez les anéantir... vous seriez allé, cette nuit, aux ruines de Rustéphan...

— Monsieur, interrompit Bernage, l'accusation que vous portez contre moi est tellement absurde que je ne prendrai pas la peine de me défendre. Vous n'êtes pas mon juge. Si j'avais à me justifier devant un magistrat, je n'aurais qu'à lui dire ce que je sais sur cette vieille histoire. Il verrait tout de suite que je ne suis pour rien dans les crimes dont vous parlez.

Je n'avais aucun intérêt à les commettre, car ce n'est pas à moi qu'ils ont profité.

— A qui donc je vous prie ?

— A l'héritière naturelle de tous les Nesbitt. Moi, je n'avais rien à prétendre dans la succession d'un homme qui n'était ni mon parent, ni mon allié. Et cette héritière naturelle, vous la connaissez... beaucoup plus que je ne la connais... c'est cette aventurière qui est devenue votre maîtresse, depuis qu'elle a eu l'audace de se présenter chez moi... cette prétendue marquise de Mazatlan...

— Taisez-vous ! cria Scaër, furieux.

— Pourquoi me tairais-je ? Je n'ai pas de ménagements à garder avec vous qui osez m'accuser d'être un assassin et un voleur. Je ne sais si, comme vous l'affirmez sans preuves, on a assassiné Nesbitt, sa belle-sœur et sa nièce... mais je sais de source certaine que cette femme était la cousine germaine de la nièce et sa plus proche parente. Je sais aussi qu'elle est venue en France, en 1860, c'est-à-dire à l'époque où Nesbitt a disparu... elle est même venue en Bretagne. J'ignorais tout cela quand je l'ai vue pour la première fois. Je me suis renseigné après : j'ai eu des preuves et je l'aurais déjà dénoncée, si j'avais pu me douter que vous auriez un jour l'étrange idée de me soupçonner. Il est encore temps d'en venir là, et je n'y manquerais pas, si vous vous avisiez de me calomnier publiquement.

Scaër resta muet, faute de trouver immédiatement des arguments à opposer à l'odieuse accusation lancée contre la marquise.

Delle, qui ne la connaissait pas, regardait Hervé et se taisait.

Bernage profita du désarroi où il les voyait.

— Je vous répète, reprit-il, que la mort de Nesbitt ne pouvait rien me rapporter. Il n'a pas, que je sache, testé en ma faveur, et en supposant qu'il n'ait pas péri dans un naufrage en revenant de Chine ou en y allant, vous admettrez bien qu'il ne portait pas sur lui tout ce qu'il possédait. Ses fonds devaient être déposés quelque part, dans une maison de banque de Paris ou de Shang-Haï. Comment aurais-je pu m'en emparer? Je n'avais aucun titre pour les réclamer et, je vous l'ai déjà dit, Nesbitt, qui faisait des affaires avec moi, n'a jamais été mon associé.

Maintenant, Monsieur, je n'ai rien à ajouter.

Le but de ma visite était de vous informer de mon intention de ne pas signer l'acte de vente. C'est fait. Libre à vous de m'intenter un procès que vous perdriez à coup sûr. Je réclame, moi, la liberté d'aller rejoindre mon yacht. On m'y attend et je tiens à partir ce soir.

A ce moment, M. de Bernage aperçut la figure d'Alain qui s'était rapproché et qui se tenait debout devant la fenêtre ouverte. Il ne montrait que sa tête et son buste, mais il avait bien pu entendre la conversation.

Son maître lui avait commandé de faire bonne garde ; il ne lui avait pas défendu d'écouter.

— Monsieur, cria-t-il en s'adressant à Bernage, je voudrais bien vous dire un mot.

— Quel est cet homme ? demanda Bernage en fronçant le sourcil.

— Mon garde-chasse, répondit Hervé qui n'en voulait pas du tout à Kernoul d'intervenir.

— Vous teniez donc à ce que notre entrevue se passât devant deux témoins. Monsieur que voici, passe encore, mais un de vos gens, c'est trop... et vous me permettrez de vous dire que ce procédé n'est pas d'un gentleman.

— Je n'ai que faire de vos leçons. Si ce garçon vous interpelle, c'est qu'il vous connaît, et je vous engage à lui répondre.

— Il me connaît, dites vous ?... Où donc m'a-t-il vu ?

—Interrogez-le. Il vous le dira.

—Ce n'est pas la peine, notre maître. Il n'y a qu'une chose que je voudrais savoir...

—Eh bien! qu'il parle! dit Bernage; mais qu'il se dépêche. Je n'ai pas de temps à perdre en bavardages avec un domestique.

—Voilà ce que c'est. Je voudrais savoir si vous avez à bord de votre yacht la vieille dame que, cet hiver à Paris, vous promeniez dans votre belle voiture découverte.

—Mme de Cornuel, expliqua Scaër, qui commençait à deviner où Alain voulait en venir.

—De quoi se mêle ce drôle?

—Je me mêle de ce qui me regarde. J'ai eu affaire à cette dame, et j'ai un compte à régler avec elle.

—Allez le régler à Paris. Elle y est restée.

—Tant pis! dit laconiquement Alain.

—Pourquoi, tant pis?

—Parce que, si elle était ici, je l'étranglerais de bon cœur.

—En vérité, Monsieur le baron, vous avez des serviteurs étrangement mal appris. Vous trouverez bon que je cesse de supporter l'insolence de ce rustre. Veuillez me laisser sortir.

—Pas avant que vous sachiez pourquoi Alain voudrait étrangler votre dame de compagnie.

—Je ne tiens pas à le savoir.

—Mais je tiens à vous l'apprendre. Elle a mis

le feu à la maison où sa femme a été brûlée. Il lui serait facile de le prouver. Et certes, elle ne l'a pas mis pour obéir à un ordre de Mme de Mazatlan.

—Je n'en entendrai pas davantage. Votre intention, je suppose, n'est pas de me retenir de force. Si vous persistiez à m'imputer je ne sais combien de forfaits dont le moindre entraînerait la peine capitale, je vous prierais de me faire conduire, sous bonne escorte, à la petite ville la plus prochaine... Concarneau, je crois... je ne demande qu'à m'expliquer avec le commissaire de police de l'endroit... mon nom lui est connu, puisque tout le pays a su que j'avais acheté vos terres... je lui dirai deux mots de la marquise... et je m'en rapporterai à sa décision. Si, au contraire, vous préférez que ce qui vient de se passer ici reste entre nous, ouvrez-moi cette porte. Ce sera plus sage, car si les marins du canot qui m'a mis à terre ne me voyaient pas revenir, ils viendraient certainement me chercher... ils savent parfaitement où je suis.

Ce fut dit sur un ton de persiflage qui n'était pas fait pour calmer Scaër, et il savait trop bien à quoi s'en tenir pour s'y laisser prendre. S'il hésitait, ce n'était pas qu'il crût à l'innocence de M. de Bernage; mais M. de Bernage avait su toucher l'endroit sensible en le menaçant d'accuser Mme de Mazatlan.

La vengeance a beau-être, dit-on, le plaisir des dieux, la satisfaction de venger la mort d'Héva Nesbitt ne lui paraissait plus valoir que, pour confondre ses assassins, il exposât la marquise aux attaques désespérées d'un scélérat aux abois qui ne ménagerait personne.

Hervé n'aurait certes pas empêché Kernoul d'étrangler la Cornuel, si elle lui était tombée sous la main. Il ne se décida point à lui commander de sauter sur Bernage, en appelant à la rescousse tous les gars de la ferme et de le traîner à Concarneau pour le remettre aux gendarmes qui pourraient bien refuser de le recevoir, car ses crimes n'étaient pas prouvés.

Pibrac et Margot y étaient à Concarneau. Quel spectacle à leur donner que l'ex-futur beau-père du dernier des Scaër, garrotté comme un voleur de grand chemin qu'on vient d'arrêter en flagrant délit!

Tout Paris le saurait, Paris où ils allaient bientôt rentrer, et ce scandale ne serait rien au prix de celui qui résulterait d'un procès criminel.

Hervé recula devant ce malheur qui frapperait deux innocentes, car il atteindrait aussi la fille de l'abominable Bernage.

Il était écrit que cet homme échapperait encore une fois au châtiment.

Hervé ouvrit la porte de la salle, et conduisit

jusque sur le perron son prisonnier d'une heure qui s'empressa de profiter de la liberté de sortir.

Alain serrait les poings et grinçait des dents. S'il eût été seul, M. de Bernage aurait passé un mauvais quart d'heure.

Suivi des yeux par Hervé et par l'interne, le père de Solange descendit l'avenue au pas accéléré et ne tarda guère à disparaître au tournant du chemin.

Hervé appela Kernoul qui rongeait son frein et lui dit :

—Je te défends de le suivre. Rentre à la ferme et, une heure avant la nuit, va voir à la côte si le vapeur est en route. Tu reviendras me dire ce que tu auras vu.

Alain, accoutumé à l'obéissance passive, s'achemina vers la ferme qui n'était pas loin, et Scaër ne s'occupa plus de lui, sachant bien que les ordres qu'il venait de donner seraient exécutés.

Scaër rentra dans la salle avec Dellé qui lui dit :

—Je crois que vous avez bien fait de lui permettre d'aller se faire pendre ailleurs. Vous n'êtes pas chargé de réparer les bévues de la police qui n'a pas su éclaircir cette affaire. J'avoue, du reste, qu'elle me paraît très embrouillée... Je ne sais trop qu'en penser... il est vrai que je n'en connais que certains côtés... je vois où elle en est, mais j'ignore comment elle a commencé.

— Je vais vous l'apprendre, répondit Scaër sans hésiter. Vous m'avez prouvé que vous étiez mon ami et vous êtes le seul homme à qui je puisse raconter cette lugubre histoire, car je n'ai confiance qu'en vous et suis sûr qu'après m'avoir entendu, vous ne me refuserez ni vos conseils, ni votre assistance.

Les deux nouveaux amis s'attablèrent en face l'un de l'autre, et Hervé entama le récit très compliqué de ses aventures, depuis la nuit du samedi·gras au bal de l'Opéra, jusqu'au jour de son brusque départ pour la Bretagne.

Il n'omit rien et ne déguisa rien, pas même ses sentiments intimes, ses perplexités, ses dou-tes, ses hésitations, ses faiblesses.

C'était la première fois qu'il lui arrivait d'ou·vrir ainsi son cœur.

Il s'était bien gardé de prendre pour confider Pibrac; et Alain, qui connaissait les faits, n'éta... pas en état de comprendre les causes.

Delle écouta, sans l'interrompre, le dernier des Scaër et, quand ce fut fini, il ne se pressa point de donner son avis.

Évidemment, il éprouvait quelque embarras à exprimer sa pensée.

— Est-il vrai, demanda-t-il timidement, que cette dame a droit à la succession de la jeune fille qu'on a tuée?

—C'est possible, répondit Hervé ; elles étaient cousines germaines... filles de deux sœurs... mais Héva Nesbitt et sa mère étaient pauvres...

—Elles ont pu hériter de Georges Nesbitt, si on l'a tué avant elles...et Georges Nesbitt devait être très riche...

—Probablement, mais... qu'en concluez-vous?

—Je ne conclus pas... je réfléchis. Certes, je ne soupçonne pas la marquise de Mazatlan, mais je suis obligé de le reconnaître, l'intérêt que ce M. de Bernage aurait eu à se défaire de M. Nesbitt et de ses parentes n'apparait pas très clairement. Comment s'y serait-il pris pour s'emparer d'un héritage qui ne lui revenait pas, aux termes de la loi sur les successions?

—C'est ce que je ne me charge pas de vous expliquer. Tout est obscur dans cette histoire. Peut-être l'héritage consistait-il en espèces métalliques ou en valeurs mobilières sur lesquelles Bernage a fait main basse. La lettre que son complice lui a écrite pour réclamer sa part suffit à prouver que le crime lui a profité.

—La lettre que vous avez trouvée dans le carnet volé au bal de l'Opéra?

—Oui. Je l'ai gardé, ce carnet...et c'est grâce à une des indications qu'il contenait que j'ai découvert la place où ils avaient muré le cadavre de Nesbitt.

—Voulez-vous me le montrer?

Hervé le portait toujours sur lui.

Si le commissaire de police qui l'avait surpris avec Alain dans la maison de la rue de la Huchette s'était avisé de le fouiller, il aurait sans doute confisqué cette pièce à conviction, et les choses auraient pu prendre une autre tournure. Mais ce commissaire n'y avait pas songé.

—Le voici, dit Hervé en tirant de sa poche l'agenda et en le remettant à l'interne, qui se mit aussitôt à le feuilleter.

Il arriva bientôt aux pages où figuraient les dessins et les plans, qu'il examina longuement.

— Je retrouve bien la maison de la rue de la Huchette, murmura-t-il; mais je ne vois rien qui ressemble à la plate-forme de la tour de Rustéphan.

—Quand Bernage a pris ces notes, il ignorait peut-être ce qui s'était passé en Bretagne, répondit Scaër. Son complice a opéré seul. Ils s'étaient sans doute partagé la besogne. L'un a assassiné la mère et la fille, l'autre a assassiné Nesbitt. Plus tard, ils se sont entendus pour faire disparaître les cadavres.

—C'est possible... mais à quoi se rapportent les autres signes... le dessin qui représente un jardin planté d'arbres et les mots tronqués : « Bagn.-pl.-Egl. ? »

—Je n'ai jamais pu le deviner.

—Je ne le devine pas non plus, mais je m'imagine que Bernage a pu cacher là l'argent de Nesbitt.

—S'il l'y a caché, il ne l'y a pas laissé depuis dix ans. Nous pouvons nous dispenser de chercher.

—D'autant que nous ne trouverions pas. Les indications sont trop vagues. C'est un hasard qui vous a conduit rue de la Huchette...

—Et ces hasards-là n'arrivent pas deux fois.

—Aussi, suis-je d'avis de ne rien faire. Vous êtes sans nouvelles de Mme de Mazatlan?

Ainsi posée, sans transition, la question donnait à penser que l'interne n'était pas absolument convaincu de l'innocence de la marquise.

—Depuis un mois, répondit Hervé, sans relever cette allusion très détournée aux calomnies lancées par M. de Bernage. Elle m'a écrit le 15 juin pour m'annoncer qu'elle allait s'absenter et qu'elle me priait d'attendre son retour, jusqu'au 15 juillet.

—Le délai est expiré, murmura M. Delle.

—Je le sais, et je me préparais à aller m'embarquer à Saint-Malo, sur le paquebot de Southampton. Je crois maintenant que je ne partirai pas. Je m'engagerai comme simple soldat.

—Ce sera mieux. Alors, vous renoncerez à vous occuper de tous ces coquins?

—J'y suis à peu près décidé.

—Je vous en félicite. Rien n'empêche que nous

rentrions ensemble à Paris... dès demain, si le
cœur vous en dit, car je ne tiens pas du tout à
continuer le voyage avec Pibrac... et je n'ai pas
de temps à perdre pour tâcher de me faire attacher à une ambulance...

—Demain, oui... si, demain, j'ai la certitude
que le yacht est parti. Je ne voudrais pas laisser
ici Bernage et sa bande.

—Votre garde vous renseignera ce soir.

—Et, en attendant, nous pouvons savoir à
quoi nous en tenir. De la chambre que j'habite,
on voit la mer. Voulez-vous y monter avec moi?...
je vous préviens que c'est un peu haut.

—Moins haut, je suppose, que la plate-forme
du donjon de Rustéphan.

—Pas beaucoup moins, mais l'escalier est en
meilleur état.

—Allons ! dit l'interne, qui n'était pas fâché
d'être dispensé de se prononcer catégoriquement
sur le cas du seigneur de Trégunc.

Elle était en effet très haute, la tour du vieux
castel qui jadis en avait eu quatre.

Les trois autres avaient tellement souffert par
l'injure du temps, que le grand-père d'Hervé
avait dû les faire démolir.

Dans celle qui subsistait, la pièce où campait
le dernier des Scaër était immédiatement au-dessous des créneaux.

Une vraie chambre de chasseur campagnard,

où il y avait plus d'armes que de meubles.

Il couchait sur un lit de camp et il se passait très bien de rideaux et de tapis, comme il se passait de voitures et de chevaux, lui qui naguère appréciait fort le confort dans les appartements et le luxe des équipages.

La fenêtre, enguirlandée de lierre, s'ouvrait du côté de la mer et les deux amis n'eurent rien de plus pressé que de l'ouvrir et de s'y accouder pour examiner la côte.

La pointe de Trévic n'est qu'à douze cent mètres du château et le yacht était encore à l'ancre, tout près de cette pointe, à l'entrée d'un chenal formé par le confluent de deux petites rivières.

— Il ne me paraît pas se disposer à partir, dit l'interne, je ne vois pas de fumée.

— Il chauffe cependant, reprit Hervé qui avait d'excellents yeux. Ce petit nuage blanc qui s'échappe de la cheminée, c'est un jet de vapeur. D'ici à une heure ou deux, il sera prêt à faire route.

Ayant dit, Hervé décrocha une lunette marine et la braqua sur le navire, immobile au mouillage.

— Bernage est rentré à bord, car les embarcations sont hissées sur leurs palans, reprit-il ; mais l'équipage ne s'empresse pas à la manœuvre. Il n'y a personne sur le pont. Il leur faudra du temps pour démarrer et je ne serais pas surpris qu'ils attendissent la nuit.

— Elle vient, la nuit, et il me semble que le temps va changer.

— Très certainement. C'est un grain qui se forme au sud-ouest, et s'ils s'attardent, ils pourront bien être jetés à la côte.

— Ce ne serait pas un grand malheur... et je ne serais pas fâché de voir la mer en furie. Il me semble qu'elle gronde déjà. D'ici, le tableau est admirable.

L'horizon s'empourprait de rouge et au loin couraient de longues vagues blanches, premiers frissons de l'Océan fouetté par le coup de vent qui arrivait du large.

C'était la saison où les gens de Concarneau pêchent la sardine et des centaines de barques forçaient de voiles pour rentrer au port avant que la tempête éclatât.

On eût dit des mouettes fuyant à tire-d'ailes.

— Je me trompais, reprit Hervé qui avait encore l'œil à la lunette, il y a une femme assise à l'arrière du bateau.

— Une femme ?... celle que votre garde-chasse se propose d'étrangler? demanda Delle en riant.

— Non... je la reconnais... c'est Mlle de Bernage... son père nous a dit qu'elle était du voyage. Il n'a pas menti...

— Par extraordinaire. Mais je la plains, elle

passera mal son temps sur cette coquille de noix, si la mer se fâche.

— Plus mal que vous ne pensez. Ces gens sont fous de rester là, au lieu d'essayer de s'élever au large... il est peut-être déjà trop tard.

— Bernage n'est pas marin et il tenait probablement à ne pas s'éloigner ce soir de la côte. Je me figure que son complice lui avait proposé de faire sauter nuitamment le donjon de Rustéphan... avec du picrate de potasse... vous vous rappelez l'explosion de la place de la Sorbonne, l'année dernière... c'eût été un joli pendant à l'incendie de la maison de la rue de la Huchette... mais ils ont dû renoncer à ce beau projet, depuis que Bernage sait que nous avons retrouvé les ossements de leurs victimes.

— Je vois Alain en faction au pied du dolmen de Trévic... et des paysans qui arrivent en courant. Ils ne se dérangeraient pas pour comtempler les effets d'une bourrasque, mais ils savent qu'une tempête effroyable va tomber sur la côte... ils comptent que le yacht ne tiendra pas sur ses ancres et qu'il viendra se briser sur les rochers de la pointe... ils veulent être là pour piller l'épave.

— Quoi ! vos Bretons en sont encore là ! Je croyais qu'il n'y avait plus de naufrageurs...

— Beaucoup moins qu'autrefois, mais quand il se présente une occasion, ils en profitent... et c'en est une, car le yacht est perdu... mais je ne les laisserai pas faire... décrochez un fusil, mon cher Delle... moi, je vais prendre le mien, et à nous deux, nous les tiendrons en respect... Alain nous aiderait s'il le fallait... et je l'enverrai cher-cher du renfort... il y a un poste de douaniers à cinq cents mètres de la pointe

— J'en suis ! dit joyeusement l'interne. A la veille d'entrer en guerre contre les Prussiens, cette petite expédition nous fera la main.

Les deux amis s'armèrent, descendirent pré-cipitamment de leur observatoire et se lancèrent à travers la lande.

Le ciel était noir et le vent leur coupait le visage, en leur apportant le bruit des vagues qui se ruaient à l'assaut de la falaise de Trévic.

C'était plus qu'un grain; c'était un cyclone ou un raz de marée, un de ces cataclysmes imprévus que rien n'annonce et que rien n'arrête.

Toujours dure et sauvage, la mer de Bretagne a quelquefois des colères subites. Elle se soule-vait ainsi tout à coup au déclin d'une splendide journée de juillet. Trois mois plus tard, le 10 oc-tobre 1870, pas loin de Trévic, et tout près de Penmarc'h, par un temps calme, elle se souleva encore et elle enleva la femme et la fille du pré-fet du Finistère qui déjeunaient gaiement sur un rocher, à dix mètres au-dessus de la grève.

Elle aurait broyé un vaisseau cuirassé. Que pouvait contre sa force irrésistible un yacht de petit tonnage, pourvu d'une machine insuffisante et monté peut-être par des marins inexpérimentés ?

Hervé, en arrivant à la pointe, vit tout de suite que le malheureux bateau était irrémissiblement perdu.

Brisant les chaînes d'ancre, une énorme lame de fond venait de l'enlever comme une plume et de le jeter sur un rocher pointu où il était resté, couché sur le côté et crevé par l'arrière.

Et d'autres lames s'abattaient sans cesse sur l'épave. La mer achevait son œuvre. Encore quelques chocs, et la coque effrondrée allait disparaître dans le gouffre tourbillonnant du chenal.

Les riverains, accourus pour profiter du naufrage, n'osaient pas approcher de la côte qui n'était pas à l'abri des vagues.

Hervé, sans s'occuper d'eux, alla droit au dolmen où il trouva le gars aux biques, cramponné à un bloc de pierres, le cou tendu, les cheveux au vent, les yeux étincelants, la bouche crispée.

— Il y a une justice, là-haut, cria-t-il à son maître en lui montrant le yacht qui coulait bas.

A ce moment, un rayon du soleil couchant perça les nuages chassés par le vent et illumina la scène.

Hervé et l'interne, qui l'avait suivi de près, virent distinctement sur le pont du navire en perdition des hommes grimpant dans la mâture et une femme levant les bras au ciel

Une montagne d'eau qui s'écroula sur eux les balaya tous.

Avant que Delle et Alain songeassent à le retenir, Hervé se précipita comme un fou vers un sentier qui descendait à la plage, au flanc de la falaise toute blanche d'écume.

C'était courir à la mort, car la mer battait à coups redoublés la base de cette pointe avancée et la grève n'était pas tenable.

Il y arriva, par miracle, sans accident, et il y resta, défiant les vagues qui déferlaient à ses pieds.

Pouquoi y était-il venu? Il n'aurait pas pu le dire. Il avait cédé à un mouvement irréfléchi, un mouvement généreux, qui le poussait à courir au secours des naufragés, comme si le sauvetage eût été possible.

Alain et Delle ne tardèrent pas à le rejoindre ; ils essayèrent de l'entraîner, et comme il se débattait en criant qu'il voulait rester là pour empêcher les pilleurs d'épaves de dépouiller les cadavres que la mer allait rejeter, Alain lui dit:

— Il n'y a pas de danger, notre maître. Les *brasse-carrés* viennent d'arriver.

Les *brasse-carrés*, dans la langue des marins et

des Bretons de la côte, ce sont les gendarmes qui portent leurs chapeaux comme un navire filant vent arrière porte ses voiles.

Alain disait vrai. On voyait briller en haut de la falaise les bicornes galonnés.

Hervé se laissa emmener. C'en était fait des assassins et de la pauvre Solange.

Alain et Delle l'escortèrent jusqu'au château.

Delle n'était pas trop fâché de ce dénouement qui simplifiait la situation de son nouvel ami. Alain s'en réjouissait et ne prenait guère la peine de cacher sa joie qui n'était pourtant pas complète, car, s'il fallait en croire Bernage, la Cornuel, n'étant pas à bord du yacht, avait survécu à la catastrophe.

Hervé, sombre et silencieux, marchait la tête basse.

Ils arrivèrent au manoir en même temps que le facteur rural qui apportait une lettre adressée à M. le baron de Scaër.

C'était la première depuis un mois, et la suscription n'était pas de l'écriture de la marquise.

Hervé la reçut sur le perron et la lut aux dernières clartés du jour qui baissait.

Elle était datée de Paris, quatre jours auparavant, et il y avait:

« Je suis sequestrée et gardée à vue. J'espère pourtant que cette lettre vous parviendra et que vous ne m'avez pas tout à fait oubliée. Mon père m'emmène malgré moi en Angleterre, où nous nous embarquerons pour l'Amérique. Il veut me contraindre à épouser un homme que je méprise et que j'exècre. Et cet homme est du voyage. Ils ont loué à Nantes un bateau à vapeur qui, en nous conduisant à Liverpool, relâchera sur la côte Bretonne, tout près de votre château.

« Si vous y êtes et si vous avez pitié de moi, qui vous aime encore et que vous avez aimée, aidez-moi à m'échapper. Envoyez, la nuit, une barque près du yacht. Je nage très bien. Je me jetterai à la mer. Cette barque me recueillera. Ils croiront que je me suis noyée et ils ne me chercheront pas. Tout ce que je veux, c'est leur échapper. Vous me cacherez à Trégunc pendant quelques jours, et après, vous me chasserez, si vous voulez. Du moins, je ne mourrai pas sans vous avoir revu et sans vous avoir averti que vos ennemis ont juré votre mort. J'ai surpris leurs secrets et je vous dirai tout.

« Si vous repoussez ma prière, si je ne parviens pas à vous rejoindre, j'en finirai avec la vie et ma dernière pensée sera pour vous. »

C'était signé : Solange.

Elle arrivait trop tard, cette lettre désespérée. La malheureuse jeune fille avait péri avec ses odieux persécuteurs.

— Lisez! dit Hervé à son ami d'un jour.

Delle lut et comprit. Hervé l'avait assez renseigné.

— Qu'allez-vous faire ? demanda l'interne,
sans trop s'émouvoir.

— Je vais m'engager et tâcher de me faire
tuer.

— Moi, je tâcherai de vous guérir, si vous êtes
blessé. Oubliez le passé, et ne désespérez pas de
l'avenir.

C'est le jugement de Dieu qui vient de s'accom-
plir. Vous n'avez rien à vous reprocher.

Scaër, au lieu de répondre, interpella Alain.

— Je vais me battre, lui dit-il ; tu as vingt ans,
la conscription va te prendre. Veux-tu faire la
guerre à côté de moi?

— Où vous irez, j'irai, dit le gars aux biques.

— C'est bien, nous partirons demain pour
Paris.

— Oh! oui... pour Paris... elle y est restée, la
gueuse !... et si je pouvais la rencontrer...

— Tais-toi! Zina est assez vengée. Pense à
défendre ton pays. Et ne compte pas que nous resterons à Paris. C'est à la frontière que je te mè-
nerai.

— Au bout du monde, si vous voulez.

Alain était prêt à y suivre son maître, mais il
n'avait pas renoncé à étrangler la Cornuel.

V

Octobre est venu. Tout s'est écroulé. Il n'y a plus d'Empire. Pour les Parisiens, bloqués par cent mille Allemands, il n'y a plus de France. Au delà des forts détachés qui protègent l'enceinte fortifiée, on est en Prusse.

Et le dernier des Scaër, qui s'est engagé au mois de juillet, n'a pas encore vu le feu. On l'a d'abord envoyé dans un dépôt, pour y apprendre à faire l'exercice. On l'a dirigé de là sur le camp de Châlons et on l'y a laissé jusqu'au jour impatiemment attendu par lui, où on l'a enfin incorporé dans un des régiments du corps de Vinoy, le 35e de ligne, en marche vers Sedan.

La bataille s'est livrée avant qu'il y arrivât. Il a échappé au désastre et il s'est replié sur Paris, où il est rentré, trois jours avant que l'investissement fût complet.

Alain a partagé la fortune de son maître. Le baron de Scaër a utilisé d'anciennes relations mondaines pour obtenir que son compatriote servit avec lui, au dépôt d'abord, puis au 35°. En trois mois, ils sont devenus d'excellents soldats, et, comme on manque de sous-officiers, Hervé a été nommé sergent, à la fin de la retraite du 13° corps.

Alain est caporal dans la même compagnie que lui.

Ils n'ont qu'un désir : se battre, et campés en dehors des fortifications, c'est à peine s'ils ont pu entrer deux ou trois fois dans Paris où ils se sont informés des choses qui les intéressaient.

Ils n'ont plus trouvé le moindre vestige de la maison de la rue de la Huchette.

L'hôtel de Bernage est toujours à sa place, mais il a été abandonné par ceux qui l'habitaient. Ils n'y ont pas laissé un seul domestique pour le garder.

On y a installé des gens de la banlieue dont les villages ont été occupés par l'ennemi.

L'hôtel de la rue Guyot est fermé. La marquise partie, un mois avant la déclaration de guerre, n'est pas revenue et ne rentrera pas tant que Paris sera cerné.

Elle n'a pas donné de ses nouvelles à Hervé.

L'affreuse Cornuel a disparu.

Alain pense toujours à elle. Hervé pense toujours à Mme de Mazatlan.

Mais la vie qu'ils mènent ne leur laisse guère

le loisir de méditer sur le passé ni de songer à l'avenir.

Hervé n'espère plus rien, et le souvenir des derniers événements commence à s'effacer. Il a quitté brusquement Trégunc, sans prendre le moindre arrangement d'affaires. C'est tout au plus s'il a prévenu ses domestiques et ses fermiers qu'il partait pour la guerre et qu'il emmenait le gars aux biques.

L'interne est parti avec eux sans s'inquiéter de Pibrac, qui n'a pas dû se presser de se rapprocher du théatre de la guerre.

Mais le brave Delle, pour servir son pays, n'avait pas besoin de s'engager. Il s'est fait attacher à une ambulance et Scaër ne l'a plus revu. Peut-être a-t il été tué; peut-être a-t-il suivi en captivité les prisonniers de Sedan; peut-être est-il enfermé dans Metz qui tient encore.

Avant de se séparer de Scaër, Delle, toujours sage, lui a conseillé de faire, comme on dit, une croix sur le passé et de laisser la Providence dénouer ce long drame. Elle a déjà puni les assassins d'Héva; elle châtiera aussi l'incendiaire, l'odieuse créature qui a fait périr Zina dans les flammes.

Si elle n'intervenait pas, ce n'est pas la justice des hommes qui se chargerait d'éclaircir les lugubres mystères d'une histoire vieille de dix ans.

Il n'y a plus de justice dans une ville assiégée; il n'y a même plus de police.

Les sergents de ville combattent aux avant-postes et les conseils de guerre ont remplacé la Cour d'assises.

Le parent haut placé, le secrétaire général qui avait pris cette affaire à cœur, a été emporté par la trombe révolutionnaire qui a tout bouleversé à la Préfecture.

Bernage et son complice ont eu grand tort de se permettre cette excursion qui leur a coûté la vie sur la côte de Bretagne. S'ils s'étaient tout bonnement réfugiés en Angleterre, ils auraient pu compter sur l'impunité.

Et le sergent Scaër se demande encore parfois quel vertige les a poussés à remettre le pied sur cette terre où ils avaient commis leurs premiers crimes.

Il lui revient à l'esprit un vers latin qu'on applique souvent à ces cas-là : *Quos vult perdere, Jupiter dementat.* Mais cette réminiscence classique n'explique rien.

Hervé a renoncé à comprendre. Et pourtant il sent qu'il y a, au fond de tout cela, un secret qui lui échappe.

Alain, plus silencieux que jamais, n'en pense pas moins, mais il ne dit pas ce qu'il pense.

Depuis qu'ils sont sous Paris, leur régiment a été engagé une fois, le 30 septembre, à la sanglante affaire de l'Hay, mais le 2ᵉ bataillon n'a pas donné et ils sont du 2ᵉ bataillon.

Placés en réserve, ils ont assisté de loin à l'attaque et à la retraite ; ils ont vu rapporter sur un brancard, couvert de fleurs cueillies par les Prussiens, le corps du brave général Guilhem qui commandait la brigade. Ils n'ont pas tiré un coup de fusil.

Et, depuis ce combat glorieux, mais malheureux, il n'y a pas eu d'opération militaire importante.

Ils savent qu'on ne les laissera pas longtemps inactifs et qu'ils seront les premiers à aborder l'ennemi, car leur brigade est la seule de l'armée de Paris qui soit composée de deux régiments d'ancienne formation. Le reste est fait de fractions de troupes, tirées des dépôts, et de mobiles à peine équipés, pas exercés du tout et commandés par des officiers qui n'en savent guère plus que leurs soldats.

Le reste de l'armée française a été pris à Sedan et si le 35ᵉ et le 42ᵉ n'ont pas eu le même sort, c'est que, au moment de la déclaration de guerre, ils occupaient Rome et qu'ils n'ont rejoint le 13ᵉ corps qu'à la fin du mois d'août.

Ceux-là sont destinés à tenir tête à l'ennemi jusqu'à la fin du siège, pendant que les gardes nationaux jouent au bouchon sur les remparts, en attendant la proclamation de la Commune qu'ils serviront, pour trente sous par jour, mieux qu'ils n'ont servi la patrie.

Scaër ne devait rien à l'Empire déchu, il n'avait jamais été un royaliste militant et il n'aimait pas la République. Il se battait pour la France.

Alain aussi, mais sans le savoir, car il ne s'était jamais occupé de politique, et c'est tout au plus s'il s'était aperçu que son pays avait changé de gouvernement.

Le 12 octobre au soir, leur bataillon avait bivouaqué à la Grange-Ory, tout près du chemin de fer de Sceaux, et un peu en avant du fort de Montrouge, et le lendemain matin, au petit jour, il avait pris les armes.

Chacun comprenait qu'il s'agissait d'enlever des villages occupés par des Prussiens et on attendait l'ordre d'attaquer. On savait que les mobiles de la Côte-d'Or et les mobiles de l'Aube, massés à l'avant-garde, devaient marcher les premiers et être soutenus par le 35ᵉ de ligne.

Mais l'ordre n'arrivait pas.

A la guerre, c'est pendant les instants qui précèdent un combat prévu qu'on connaît les vieux soldats. Ils restent calmes, tandis que les conscrits s'impatientent et s'agitent.

De toutes les épreuves auxquelles peut les exposer le hasard des dispositions militaires, l'immobilité devant l'ennemi est la plus difficile, et ceux qui la supportent sans broncher sont de vrais braves.

Hervé ne sourcillait pas et Alain fumait sa pipe aussi tranquillement que s'il eût été assis sur la lande de Trégunc, gardant ses chèvres.

Tout près d'eux, un sergent chevronné de leur compagnie les observait du coin de l'œil, un vétéran des campagnes de Crimée et d'Italie qui se connaissait en bravoure et qui avait pris Scaër en amitié. Il fut si satisfait de leur attitude qu'il en fit compliment à son jeune camarade.

— Bravo ! lui dit-il gaiement, je vois que l'approche de la danse ne vous donne pas d'inquiétudes dans les jambes. Il se tient très bien aussi, votre caporal.

— C'est dans le sang, répondit en riant Hervé. Les Bretons n'ont jamais froid aux yeux.

— Tant mieux, car ça va chauffer. Les casques à pointe se sont barricadés dans les rues... non, pas les casques à pointe... les casques à chenille... Le lieutenant Leblanc disait tout à l'heure qu'il n'y a là-dedans que des Bavarois... ça sera dur tout de même... un kilomètre sous la fusillade, avant d'arriver aux premières maisons .. Mais voilà nos canons qui prennent position là, sur notre droite... ils vont nous déblayer ça... et puis, nous aurons avec nous un détachement de sapeurs du génie... cette fois, ils n'ont pas oublié leurs outils, comme le 30 septembre, à Chevilly, où les deux autres bataillons du régiment ont perdu cinq officiers... sans compter que le fort qui est derrière nous va nous appuyer avec ses grosses pièces.

Vous allez entendre un joli concert !

Ce qui intéressait le plus Hervé dans le programme que le vieux sergent se plaisait à lui exposer, c'était les indications topographiques, car Hervé ne connaissait pas du tout le terrain sur lequel il allait se battre. Ce côté de la banlieue parisienne n'est guère fréquenté par les viveurs du monde où on jette l'argent par les fenêtres, et si le seigneur de Scaër avait maintes fois dîné à Saint-Germain, au pavillon Henri IV, il n'avait jamais cueilli la fraise dans les bois de la rive gauche ni fait de parties à Robinson.

C'est tout au plus s'il savait les noms des forts qui allaient soutenir l'attaque et des points qu'il s'agissait d'enlever à l'ennemi.

Son camarade à trois chevrons se chargea de les lui apprendre.

— Nous sommes sous le fort de Montrouge, dit-il ; là bas, c'est le fort de Vanves, et là-bas, tout là-bas sur une hauteur, c'est le fort d'Issy... juste devant Clamart.

— Ah ! ce village, c'est Clamart ! dit Scaër, frappé par un souvenir.

La soi-disant Mme Chauvry se faisait adresser

ses lettres à Clamart. Alain, qui s'en souvenait, dressa l'oreille aussi.

— L'autre, plus près, c'est Châtillon, continua le sergent, et celui que voilà devant nous, c'est Bagneux. C'est le plus fortifié des trois et c'est nous qui aurons la plus grosse besogne. Aujourd'hui, le 2ᵉ bataillon du 35ᵉ ne sera pas aux places à quatre sous, comme la dernière fois qu'on s'est cogné. Chacun son tour... et du reste, il y en aura pour tout le monde.

Scaër n'écoutait plus les commentaires du vieux troupier. Le nom de Bagneux était un trait de lumière. Elle figurait sur une des pages du carnet, la première syllabe de ce nom qu'il n'avait pas su compléter, faute d'être renseigné sur les environs de Paris.

Il avait songé jadis à Bagnolet, peut-être parce qu'il se souvenait d'une chanson de Béranger intitulée l'*Aveugle de Bagnolet*. Il n'avait jamais songé à Bagneux, quoiqu'on l'ait chanté aussi dans un opéra comique d'Adam : *Ah ! qu'il fait donc bon ! qu'il fait donc bon, cueillir la fraise au bois de Bagneux*, etc.

Et il allait le prendre d'assaut, ce village, indiqué par abréviation dans l'agenda volé à Bernage, en marge d'un dessin représentant un jardin planté d'arbres, à côté d'une autre mention écourtée : pl. Égl., qui signifiait évidemment : place de l'Église.

Bagneux en était plein de jardins plantés et, de la Grange-Ory, où il attendait dans le rang le signal du combat, Scaër voyait très distinctement le clocher de l'église.

Entre lui et la place marquée par une croix rouge, il n'y avait plus que des coups de fusil.

Et le secret, le dernier secret était là, dans quelque maison occupée par l'ennemi et abandonnée par Bernage qui avait peut-être chargé la Cornuel de la surveiller, à moins qu'il n'eût enlevé ce qu'il y avait caché.

Il ne s'agissait que de chasser de Bagneux les Bavarois et, quand Bagneux serait pris, de chercher près de la place de l'Église un jardin planté, de le chercher à travers la fusillade, — entreprise peu commode.

Scaër n'eut pas le temps d'y réfléchir longuement. Deux coups de canon partirent du fort de Vanves et le chevronné s'écria :

— C'est le signal. V'là le bastringue qui va commencer !

Le fort de Montrouge ouvrit aussitôt le feu sur le village et, dès que ses boulets eurent renversé en partie les premières maisons et les barricades qui fermaient l'entrée des rues, les mobiles de la Côte-d'Or et de l'Aube se lancèrent.

C'était merveille de les voir courir à l'assaut, sous une fusillade qui les prenait de front et de flanc, profitant, pour se couvrir, de tous les accidents de terrain et de tous les abris : haies, carrières et fossés.

De vieux soldats n'auraient pas mieux fait. Ils enlevèrent au pas de course une barricade et deux maisons où ils se retranchèrent.

Ce n'était là qu'un prologue et Scaër, qui n'avait pas perdu un détail de l'action, ne pensait déjà plus à la croix-rouge tracée sur le carnet qu'il portait encore sous son uniforme de lignard, comme il l'avait porté sous son habit noir à Paris, et sous sa veste de chasse à Trégunc. Il ne pensait qu'à charger et il piaffait comme un cheval d'escadron qui entend la trompette.

Le sang batailleur que lui avaient transmis ses aïeux lui montait à la tête et il s'indignait presque de rester l'arme au bras, pendant que les mobiles se fusillaient à bout portant avec les Allemands qui se défendaient vigoureusement. Il regardait son capitaine qui commandait le bataillon, depuis la mort de son chef, tué à l'ennemi, et qui se tenait debout, en avant de sa troupe, l'œil fixé sur le colonel, attendant l'ordre d'attaquer.

Il vint enfin, cet ordre, et la troupe se lança, ses officiers en tête.

Elle eut moins à souffrir que les mobiles qui avaient essuyé tout le feu des maisons avant de

les prendre, et, habilement dirigée, elle tourna
le village par la droite.

Il n'y a guère de ce côté que des enclos dont
les sapeurs eurent tôt fait d'enfoncer les portes
et où le bataillon se trouva complètement abrité
des feux de flanc par un long mur qui bordait le
chemin de Fontenay-aux-Roses.

Scaër venait d'entendre siffler beaucoup de
balles; il avait vu tomber quelques soldats autour de lui et il n'avait pas même eu cette émotion que ressentit Henri IV, à sa première
bataille.

Il avait ce qu'on appelle la bravoure de tem-
pérament.

Alain non plus n'avait pas bronché. Lui aussi
était d'une race de paysans qui avaient guerroyé
jadis contre les Anglais, envahisseurs de son pays,
et il ne connaissait pas la peur.

Cette fois, ce n'était pas contre l'ennemi héré-
ditaire des Bretons qu'il se battait. Né et nourri
à trois cents lieues du Rhin, il n'avait jamais
entendu parler de la Prusse. Et pourtant, il y
allait de bon cœur, comme les autres.

Les mobiles des cinq départements Armori-
cains défendirent Paris pendant le siège. Ils y
étaient arrivés en chantant des cantiques bretons
et ils s'y comportèrent vaillamment.

Scaër aurait pu en être, et ses compatriotes
l'auraient certainement nommé officier, mais les

bataillons ne furent formés qu'après nos premiers désastres et il n'avait pas voulu attendre.
Le séjour de Trégunc lui était devenu odieux,
depuis son excursion à Rustéphan et depuis la
mort de Solange.

En ce moment, il ne songeait guère aux catastrophes qui avaient attristé les derniers jours de
son voyage en Bretagne. La fièvre de la bataille
le tenait. Il lui tardait de se servir de son chassepot qui n'avait pas encore fait feu et de sa
baïonnette encore vierge. Il ne songeait qu'à
tuer.

Le bataillon, massé dans l'enclos où il venait
de se jeter, ne resta pas longtemps inactif. L'arrivée des lignards avait surexcité l'ardeur des
mobiles qui les avaient devancés. Ces braves petits soldats de la Côte-d'Or faisaient des progrès
dans les rues du village et enlevaient barricades
sur barricades. Mais les Allemands s'étaient réfugiés dans les maisons et tiraient par les fenêtres.

Il fallait en finir et le capitaine demanda des
hommes de bonne volonté pour les prendre d'assaut. Il s'en présenta beaucoup plus qu'il n'était
nécessaire, Scaër et Alain en tête. Quand ils arrivèrent aux maisons, la besogne était faite. Des
tirailleurs intrépides s'étaient glissés le long
des murs, sans attendre le commandement. Ils
avaient brisé les portes à coups de crosse et les

Bavarois, surpris par la brusquerie de l'attaque, avaient mis bas les armes ou s'étaient sauvés.

On avait déjà une centaine de prisonniers et rien ne s'opposait plus à la marche en avant du bataillon qui ne tarda guère à déboucher sur une place au centre du village.

Bagneux était à nous. Il s'agissait de le garder. On se mit à l'œuvre. On crénela les murs, on barricada les rues, et deux batteries s'établirent sur la place même, prêtes à balayer les issues.

Hervé se souvint tout à coup des indications du carnet en lisant sur une plaque posée sur une maison d'angle ces trois mots qui figuraient en abrégé sur une des pages de l'agenda : *Place de l'Église.*

Les hasards de l'attaque l'avait conduit précisément à l'endroit qu'il aurait cherché s'il eût été le maître de ses mouvements. Et il eut de la chance jusqu'au bout.

Cinq ou six maisons bordaient cette place assez étroite ; l'une d'elles, plus grande que les autres, attenait à un jardin clos, et Scaër reçut l'ordre d'occuper celle-là avec une vingtaine d'hommes de sa compagnie.

Les Allemands paraissaient l'avoir évacuée et ce fut tôt fait de jeter bas la porte principale.

Les troupiers du 35ᵉ se précipitèrent dans une

cour plantée de tilleuls régulièrement alignés et formant deux allées.

Ils allaient pénétrer dans la maison, lorsque des coups de feu partirent d'un soupirail ouvert au ras du sol.

Trois hommes tombèrent. Un avait été tué raide d'une balle dans la tête. Les deux autres n'étaient que blessés.

Scaër, chef du détachement, n'eut pas besoin de commander. Ses soldats se jetèrent d'eux-mêmes en avant et se ruèrent à la cave où ils passèrent au fil de la baïonnette cinq ou six Bavarois qui ne l'avaient pas volé, car il n'aurait tenu qu'à eux de se rendre, au lieu de tirer traîtreusement sur des Français hors de garde.

Scaër ne mit pas la main à cette exécution nécessaire, mais il ne fit rien pour l'empêcher et il pensa à fouiller le reste de la maison avant de s'y fortifier.

Des combattants s'étaient cachés dans le sous-sol; d'autres pouvaient bien s'être cachés dans les chambres de cette villa à trois étages.

Cette fois, il tint à marcher en tête de son détachement, afin d'empêcher des massacres inutiles et au risque de recevoir les premiers coups de fusil, si on surprenait d'autres ennemis embusqués.

On ne trouva personne, et on se replia sur la cour qu'il s'agissait de mettre en état de défense, en prévision d'un retour offensif de l'ennemi.

Sur l'art de se fortifier qu'on enseigne dans les écoles militaires, Hervé, refusé jadis aux examens de Saint-Cyr, n'avait que des notions très vagues, mais il venait de voir opérer les soldats du génie et il savait ce qu'il y avait à faire pour protéger ses hommes sans qu'ils cessassent de combattre.

La maison se trouvait en façade sur la place, mais elle confinait à des terrains qui s'étendaient jusqu'à Châtillon, resté au pouvoir des Allemands, et qui étaient parsemés de villas occupées par leurs tirailleurs.

Il fallait répondre à leur feu et en même temps se barricader du côté du village.

Une petite escouade de sapeurs était entrée avec le détachement. Hervé leur commanda d'ouvrir à coup de pioche des meurtrières dans le mur qui séparait le jardin de la campagne et d'abattre quelques tilleuls qu'on traînerait ensuite en travers de la porte enfoncée par les soldats de ligne.

Ils eurent tôt fait de créneler la muraille. Il leur fallut plus de temps pour couper les arbres. On n'avait pas assez de haches et celles qu'on avait n'étaient pas assez tranchantes. Le travail n'avançait pas et, afin de l'accélérer, le caporal du génie eut l'idée de placer au pied de chacun des deux tilleuls une cartouche de dynamite.

L'explosion les renversa et creusa dans la terre où s'enfonçaient leurs racines une tranchée assez profonde qui s'étendait d'un arbre à l'autre.

Les troupiers avertis s'étaient garés, et déjà les uns aidaient les sapeurs à couper les maîtresses branches pour en faire des abattis, pendant que les autres commençaient le feu par les créneaux.

Scaër se multipliait, tantôt rectifiant le tir de ses hommes, tantôt pressant les travailleurs.

Alain, qui le secondait de son mieux, le prit par le bras et lui montra, sans mot dire, un objet qui brillait au fond de la tranchée.

Scaër se baissa pour le ramasser et vit que c'était un étui en fer-blanc comme ceux où les soldats voyageant par étapes enferment leur feuille de route, mais plus long, plus gros, plus lourd, plus plat et scellé avec du plomb aux deux bouts.

Il n'eut pas besoin, pour comprendre, de feuilleter le carnet qu'il portait sur sa poitrine. Il se rappelait parfaitement le croquis du jardin planté et la place marquée d'une croix rouge. Ce n'était pas un cadavre que Bernage — ou un de ses complices — avait enfoui entre deux tilleuls. Le secret était là, dans cet étui. Scaër, qui l'avait tant cherché, allait enfin savoir à quoi s'en tenir.

Le moment eût été mal choisi pour l'ouvrir et Scaër ne pouvait pas le porter à la main comme

un bâton de commandement. Il le fourra sous
sa capote et l'assujettit contre son corps avec la
large ceinture qui lui serrait la taille, à la mode
des zouaves.

Alain avait compris, lui aussi, ou plutôt il avait
deviné, et il ne questionna pas son maître.

Il aida les hommes à traîner les arbres en
travers de la porte et à élever là une barricade qui ne les empêcherait pas de sortir quand
il faudrait battre en retraite, et qui arrêterait les
assaillants, si l'ennemi tentait de reprendre possession de la maison.

Cela fait, le gars aux biques alla se poster à un
créneau et se mit à envoyer aux tirailleurs allemands des balles bien dirigées.

Hervé aurait volontiers fait comme lui, mais il
avait ses soldats à surveiller, et du reste il n'é-
tait plus en état de viser juste, depuis qu'il avait
mis la main sur l'étui caché par les assassins.

Il lui tardait de connaître enfin le mot de la
sombre énigme qu'il n'avait pu deviner depuis
dix-huit mois et il se disait : si je suis tué aujour-
d'hui, personne ne le saura jamais... personne
que les rôdeurs allemands qui viendront, la nuit,
dévaliser les morts.

Et il pensait à recommander à Alain de se
charger de l'étui, si son maître tombait sur le
champ de bataille.

Tout à coup, il reçut un choc qui faillit le renverser, et il vit une balle ricocher à ses pieds. Elle l'avait atteint en plein corps et elle avait glissé sur l'étui.

Elle n'était pas entrée par une des meurtriè-res. Elle aurait tué un soldat. Scaër, au milieu du fracas de la canonnade, n'avait pas entendu le coup, qui avait dû être tiré de haut en bas.

Il leva les yeux et vit remuer une persienne à une fenêtre du troisième étage.

Évidemment le coup était parti de cette fenêtre et ce n'était pas un coup de fusil, car Scaër au-rait vu le canon de l'arme dépasser l'entre-bâille-ment des persiennes. Sans doute, un ennemi ou-blié dans la chambre s'était servi de son revol-ver. Et pourtant, on venait de la fouiller, cette chambre du troisième étage, et on n'y avait rien trouvé. Il fallait qu'on eût mal cherché et on pouvait renouveler la visite.

Mais tous les hommes étaient aux créneaux ou à la barricade. Scaër, n'écoutant que son courage, résolut de monter seul. Il était poussé aussi par une sorte de rage de tuer. Il lui semblait qu'il n'aurait pas fait son devoir tant qu'il n'aurait pas enfoncé sa baïonnette dans le ventre d'un Allemand.

Et en ce moment, ses soldats n'avaient pas besoin qu'il les commandât. Ils avaient de la besogne. Il pouvait les laisser travailler du chassepot.

Scaër ne prit même pas le temps d'avertir Alain et il se précipita dans l'escalier qu'il monta en courant.

La chambre était vide, mais il avisa un grand placard qu'il se mit aussitôt en devoir d'enfoncer à coups de crosse.

Pendant qu'il y heurtait violemment, la porte s'ouvrit; en s'ouvrant elle faillit le renverser, et avant qu'il eût repris son équilibre, il recut un coup de feu en pleine figure. La balle dévia fort heureusement et lui laboura la joue. A demi aveuglé par la fumée, il ne vit pas tout d'abord cet assaillant sorti d'une armoire et il était trop près de lui pour se servir de son chassepot, mais de sa main gauche il l'empoigna par le bras, et d'une secousse il lui fit lâcher le pistolet qui fumait encore.

Alors seulement, il vit à qui il avait affaire. Ce n'était ni un Bavarois ni un Prussien qui venait d'essayer de lui brûler la cervelle. C'était une femme qu'il ne reconnut pas du premier coup d'œil, une femme habillée de noir et coiffée d'un bonnet comme en portent les paysannes de la banlieue de Paris

— Achevez-moi, puisque je vous ai manqué, dit-elle d'une voix rauque.

— Vous ! s'écria-t-il, que faites-vous ici, malheureuse?

— Je suis ici chez moi. Cette maison m'appartient... cette maison que vous pillez après l'avoir saccagée. Je regrette de ne pas vous avoir tué. Je vous aurais repris l'étui que vous venez de voler. Allons!... vengez-vous!... Je suis désarmée. Qu'attendez-vous pour en finir avec moi?

Scaër en avait bien envie. Il ne tenait qu'à lui d'envoyer cette venimeuse créature rejoindre en enfer ses deux complices, mais il lui répugnait de casser la tête ou de trouer la poitrine d'une femme, même d'une scélérate comme l'était cette Chauvry, cette Cornuel, cette âme damnée de Bernage.

Peut-être aussi se disait-il que s'il en purgeait la terre, elle emporterait dans l'autre monde les secrets de la bande, et que mieux vaudrait lui offrir sa grâce, à condition qu'elle parlerait.

Entamer une instruction sous le feu de l'ennemi, c'était une idée qui ne pouvait venir qu'à ce Breton exalté.

Il commença par prendre ses précautions. Après avoir repoussé la Cornuel jusqu'à la coller au mur, il ramassa le revolver, encore chargé de quatre coups, le passa dans sa ceinture à côté de l'étui qu'il y avait serré et s'assura d'un coup d'œil que la clé était à la serrure de la porte de la chambre restée ouverte. Puis, revenant à elle:

— Avouez! dit-il menaçant.

— Oui, j'avoue que j'ai été sotte et maladroite,

ricana l'enragée femelle. Je n'ai pas prévu que
vous feriez sauter les arbres du jardin, et j'ai
tiré trop vite. Vous l'avez, cet étui que j'étais
chargée de garder, mais ce qui me console, c'est
que vous ne pourrez pas vous servir de ce que
vous y trouverez... ni vous, ni votre valet, ni
cette coquine que vous prenez pour une marquise... Vous pouvez me tuer maintenant...
Bernage saura bien vous rattraper... il me ven-
gera.

— Bernage est mort... et vous allez mourir...
mais vous ne mourrez pas de ma main... on
fusille les espionnes et, après le combat, on ne
vous fera pas grâce.

Scaër, ayant dit, sortit à reculons, ferma la
porte en dehors et mit la clé dans sa poche.

La chambre n'avait pas d'autre issue et son
unique fenêtre donnait sur la cour pleine de soldats du 35ᵉ.

Scaër était sûr que la Cornuel ne s'échapperait
pas.

En bas, il rencontra Kernoul qui venait de
s'apercevoir de son absence et qui s'écria en le
voyant couvert du sang qui coulait de sa joue :

— Blessé !... vous êtes blessé !

— Ce n'est rien, dit Hervé en s'essuyant d'un
revers de main. Où en sommes-nous ?

— Je ne m'y connais pas beaucoup, mais il me
semble que nous n'avançons pas. Par le trou qui

me sert à tirer, je viens de voir les camarades foncer sur l'autre village... mais ils ont été obligés de reculer... il y a des Prussiens partout... derrière les haies, derrière les murs... aux fenêtres des maisons... ils sont trop.

L'autre village, c'était Châtillon que l'ennemi occupait en grande force et que la colonne du général de Susbielle avait déjà deux fois essayé inutilement d'enlever. La résistance était acharnée. Il fallait faire le siège de chaque maison et cela presque sans artillerie, car les canons avaient beaucoup de peine à passer par les rues étroites. On s'était bien emparé de la partie basse du bourg, mais quand on tentait de monter plus haut, on était repoussé. C'était le plateau de Châtillon qu'il aurait fallu prendre et il était imprenable.

Les Bavarois venaient d'y amener de nombreuses batteries que le feu de nos forts ne parvenait pas à réduire au silence et qui couvraient d'obus Clamart, Châtillon et Bagneux ; Châtillon surtout.

Le détachement commandé par Scaër ne recevait aucun ordre et continuait à tirailler, sans grandes pertes, parce que les hommes restaient abrités derrière les murs du jardin.

Scaër avait bandé sa joue avec son mouchoir, mais il perdait beaucoup de sang et il sentait que ses forces diminuaient. Il tenait bon pourtant, mais il lui fallait prévoir le cas où il serait forcé d'abandonner le commandement et il appela Kernoul pour lui donner des ordres militaires et des instructions particulières.

— Si tu me vois faiblir, lui dit-il, tu me remplaceras, et tu tiendras avec tes hommes jusqu'à ce qu'on vienne vous relever. Si je tombe, tâche qu'on ne me laisse pas ici, mais si tu étais obligé de m'abandonner, prends sous ma capote une boîte en fer-blanc...

— Celle que vous venez de trouver dans la tranchée, interrompit Alain ; je ne sais pas ce qu'il y a dedans, mais je me doute que c'est la Chauvry qui l'a cachée. Clamart est tout près... elle y est peut-être, la gueuse... et elle est capable d'avoir averti les Prussiens que nous allions attaquer...

— Elle est là, dit Hervé en montrant du doigt la fenêtre du troisième étage. Si nous battons en retraite, fais-la fusiller avant de partir.

— Pourquoi pas tout de suite ? s'écria le gars aux biques. Je m'en charge à moi tout seul, et je vais...

Il n'acheva pas. Une effroyable explosion lui coupa la parole. Un obus de gros calibre venait de tomber sur le toit et d'éclater dans la chambre où l'odieuse Cornuel était enfermée. Les murs croulaient et la maison prenait feu. Si la prisonnière n'avait pas été mise en pièces, elle allait périr de

la même mort que sa victime, la pauvre Zina, brûlée rue de la Huchette.

— Justice est faite, dit Scaër en voyant que la
Cornuel ne se montrait pas à la fenêtre.

Il parlait encore lorsqu'un autre projectile
creux s'abattit sur la barricade, qu'il anéantit
en dispersant les troncs et les branches et en
projetant des éclats dans toutes les directions.
Alain roula aux pieds de son maître qui, par
miracle, n'avait pas été atteint et qui se précipita
pour le relever.

— Ce n'est pas la peine, murmura le gars aux
biques. J'ai mon compte.

— Où es-tu blessé? lui demanda Scaer, age-
nouillé.

— J'ai le bras cassé et les côtes enfoncées.

A ce moment, le capitaine entra dans le jardin
au pas de course, flanqué d'un clairon qui sonnait
le ralliement. Il venait chercher le détachement
pour le lancer sur Châtillon, avec le reste du 35ᵉ
formé en colonne d'attaque, et il dit à Scaer qu'il
connaissait un peu:

— Vous êtes blessé, sergent; il est inutile de
vous faire tuer. Tâchez de marcher jusqu'à la
Grange-Ory. Vous y trouverez une ambulance.

Et il emmena les hommes, laissant là Scaër,
Alain et les quelques soldats que le feu des Bavarois avait mis hors de combat.

— Pourras tu marcher? dit vivement Hervé.

— Je vais tâcher, répondit Alain.

— Oui... essaie... je te soutiendrai... et si tu tombes en route, je ne t'abandonnerai pas.

Il aida le pauvre Kernoul à se remettre sur pied et ils sortirent ensemble de cette maison qui était devenue le point de mire des artilleurs ennemis. Un troisième obus venait de la bouleverser de fond en comble, et de la Cornuel il ne devait plus rester que des lambeaux.

Alain, appuyé sur le bras de son maître, avait bien de la peine à se traîner, et Scaër se demandait s'il pourrait le soutenir jusqu'au bout de la voie douloureuse qu'ils avaient à parcourir avant d'arriver à l'ambulance. Sa blessure saignait toujours abondamment. Il n'avait pas pu arrêter l'hémorragie et il se sentait défaillir.

Il leur fallut d'abord se frayer un chemin à travers les troupes et les caissons qui encombraient les rues de Bagneux, et ce ne fut pas sans peine qu'ils parvinrent à déboucher du village que l'ennemi canonnait, par intervalles seulement, car il dirigeait de préférence son feu sur les abords de Châtillon vigoureusement assailli par les nôtres.

Quand ils eurent dépassé les dernières maisons, la vue d'un drapeau à la croix de Genève qui flottait près de la Grange-Ory releva leur énergie, mais la plaine qu'ils avaient traversée le matin, en sens inverse, au pas de charge, leur sembla plus large, maintenant qu'ils n'étaient plus excités par l'ardeur du combat.

Ils arrivèrent enfin et ils furent accueillis comme ils méritaient de l'être, car on voyait bien qu'ils ne s'étaient retirés du feu que faute de pouvoir se servir de leurs fusils qu'ils rapportaient. Scaër avait mis le sien en bandoulière et celui d'Alain sur son épaule.

Les ambulances, organisées et conduites par l'illustre docteur Ricord, fonctionnèrent admirablement pendant toute la durée du siège et, les jours de bataille, elles rivalisaient entre elles de zèle et de bravoure.

Les blessés, relevés sous la mitraille ou recueillis tout près du théâtre de l'action, quand ils avaient pu se traîner jusque là, étaient, autant que possible, transportés immédiatement à Paris où on se disputait l'honneur de les recevoir. Les foyers des théâtres étaient devenus des succursales des hôpitaux et beaucoup de belles dames en avaient fait autant de leurs salons dorés.

Au moment où les deux Bretons atteignirent la Grange-Ory, une voiture attendait d'avoir complété son chargement de blessés pour rentrer en ville par la porte d'Orléans, et les chirurgiens attachés à l'ambulance s'empressaient à panser ceux qui avaient besoin de l'être sur place et de faire monter les autres dans le char bien agencé qui allait les emmener.

— Comment! c'est vous, mon cher, s'écria un jeune homme qui portait un képi à deux galons avec un brassard blanc marqué d'une croix rouge.

— Monsieur Delle! répondit Hervé. Ah! je suis bien content de vous retrouver. Je ne l'espérais pas.

— Vous m'avez cru mort ou prisonnier. Peu s'en est fallu, ma foi!... je serais, à cette heure, au fond de l'Allemagne, si je ne m'étais pas échappé de Sedan après la capitulation. Mais vous, mon ami, qu'êtes-vous devenu?... et qu'est-ce que vous avez à la joue!...

— Ce ne sera rien, je pense... une balle qui m'a éraflé la figure...

— Une balle tirée à bout portant, à ce que je vois... la poudre vous a noirci la peau... Mais, je ne me trompe pas... ce caporal, c'est bien le brave garçon qui était avec nous à Trégunc, le soir du naufrage ?

— Oui, et je vous supplie de l'examiner, car il est plus sérieusement blessé que moi.

— Voyons ça! dit l'interne. Bon! une fracture du bras droit. Il n'a pas de chance ce bras-là... la luxation de l'épaule que j'ai réduite à l'Hôtel-Dieu était du même côté... on le raccommodera tantôt, cet humérus... Pour le moment, nous allons le suspendre à une écharpe, tout bonnement... Les ressorts de notre voiture d'ambulance sont très doux... vous ne souffrirez pas trop en route, mon garçon.

— Ce n'est pas au bras que j'ai le plus mal, murmura Kernoul qui pâlissait à vue d'œil ; c'est à la poitrine.

— En effet... votre capote est déchirée... un éclat d'obus, hein ?... Ils n'en font jamais d'autres, ces diables d'obus... mais celui-là n'a pas pénétré... il n'y a qu'une forte contusion.

— J'étouffe .. soutenez-moi...

La marche avait épuisé les forces d'Alain. Il serait tombé, si Delle n'avait pas appelé deux ambulanciers qui l'enlevèrent et qui le portèrent dans l'omnibus des blessés, déja presque plein.

— Avec vous, mon cher Scaër, nous serons au complet, reprit l'interne, et nous pouvons partir. Vous monterez bien, près de moi, sur le siège ?

— Parfaitement, mais ce pauvre gars n'aurait qu'à mourir en route...

— Non... non... je réponds de lui... et plus vite nous arriverons au palais de l'Industrie, mieux ça vaudra...

— Au palais de l'Industrie ? répéta Scaër étonné.

— Oui... aux Champs-Élysées... on y a établi une ambulance admirable dans les salles d'exposition... Le grand salon carré contient trente lits... et on y est soigné par des belles dames... Vous y serez à merveille.

— Je n'ai pas la moindre envie d'y rester...
On pansera mon égratignure, et ce soir je rejoin-
drai mes hommes... s'il en reste.

— C'est ce que nous verrons, quand mon chef
aura examiné votre blessure. Elle ne me paraît
pas dangereuse, mais il faut savoir s'il ne survien-
dra pas des accidents. Il se peut qu'on vous garde...
Maintenant, partons... il ne fera pas bon ici, tout à
l'heure, si nos soldats battent en retraite... Les
canonniers allemands ne se gêneront pas pour
tirer sur eux du haut du plateau... et sur nous
en même temps... Après, ils diront qu'ils n'ont
pas vu le drapeau d'ambulance...

Scaër se débarrassa des deux fusils qu'il portait et suivit l'excellent Delle, mais avant de monter sur le devant de la voiture, il alla serrer la
main de Kernoul déjà installé dans l'intérieur
où il faisait triste mine.

Le gars n'avait plus la force de parler. Il remercia d'un coup d'œil son maître, très ému et
très inquiet.

On roula vers Paris, et en vérité il était temps,
car le combat avait repris sur toute la ligne ; nos
troupes n'avançaient pas et un mouvement offensif de l'ennemi ne devait pas tarder à se prononcer.

Déjà, de nombreux blessés, sortis de Bagneux,
s'acheminaient vers la Grange-Ory sous le feu
de l'artillerie bavaroise, et les ambulances mobiles

se préparaient à quitter la place où elles n'étaient plus en sûreté.

Scaër, pendant le voyage, ne put guère causer avec Delle, occupé, presque tout le temps, à soigner les plus gravement atteints.

Alain était de ceux-là, en dépit du pronostic favorable que l'interne venait de formuler, après l'avoir sommairement examiné, et qu'il s'abstint de confirmer en arrivant au palais de l'Industrie, où il devait déposer ses blessés, avant de retourner en chercher d'autres sur le champ de bataille.

Ceux qu'il amenait n'étaient pas les premiers de cette sanglante journée. Les lits étaient déjà presque tous occupés et on ne pouvait plus recevoir indistinctement tous les nouveaux venus. Les médecins refusaient ceux qui étaient encore en état de supporter le transport jusqu'à un autre hôpital.

Delle n'eut pas besoin d'insister pour qu'on admit Alain qui avait eu deux syncopes en route et qui ne tenait plus sur ses jambes, mais il eut quelque peine à obtenir qu'on permît au sergent Scaër, qui n'était que légèrement blessé, d'accompagner son caporal jusqu'à la salle où on le porta sur un brancard ; il n'obtint pas qu'on l'y gardât, après qu'on aurait pansé sa joue trouée par une balle sortie du revolver de la Cornuel.

Hervé, désolé d'être forcé de quitter le pauvre gars aux biques, voulut du moins connaître le résultat de la consultation rapide qui eut lieu au chevet d'Alain déshabillé, couché et palpé par le docteur chef de l'ambulance des Champs-Élysées.

— Il s'en tirera, j'espère, lui dit l'interne après avoir conféré avec son confrère en médecine, mais je ne réponds plus de lui. Une des côtes que l'éclat d'obus a brisée a déchiré le poumon. C'est plus sérieux que je ne pensais. Il y a cependant beaucoup de chances de guérison, car il va être admirablement soigné. Quant à vous, mon cher ami, je viens de m'entendre avec mon camarade pour que vous soyez aussi bien que possible. Il y a ici des dames qui ont organisé des ambulances chez elles et qui se chargent des blessés, quand la place manque dans ce palais. Elles vont se disputer l'honneur et le plaisir de vous emmener, car elles n'ont pas souvent des hommes comme vous à soigner. Je vais vous conduire dans la salle où elles se tiennent.

— Laissez-moi d'abord dire au revoir à ce brave garçon.

— Faites vite, je vous en prie. On m'attend à Bagneux et à Châtillon. Ce ne sera pas mon dernier voyage, car la journée va être rude et j'ai bien peur qu'elle ne finisse mal.

Scaër s'approcha du lit d'Alain qui était entre les mains du chirurgien et de ses aides, et qui fit signe à son maître de se pencher pour l'entendre.

— Je sens que je n'en reviendrai pas, murmura-t-il, et je ne regrette pas la vie. Zina est vengée.. Je mourrai content si vous me jurez de faire dire à l'église de Trégunc des prières pour elle et pour moi.

— Tu ne mourras pas, dit Scaër. Je viendrai te voir tous les jours, et dans un mois, tu seras sur pied.

—Jurez!... je vous le demande en grâce...

— Eh ! bien, je te jure que notre recteur dira des messes pour ta femme... tu y assisteras avèc moi, quand la guerre sera finie.

Delle vint tirer Scaër par la manche de sa capote et Scaër se laissa emmener. Il était temps de mettre fin à une scène qui retardait le pansement et ne pouvait que faire du mal au blessé.

— Pensez à vous maintenant, mon ami, dit l'interne, et comptez absolument sur moi. Je vais savoir où on va vous loger et j'irai vous y voir... les jours où je ne serai pas de service aux avant-postes.

Venez que je vous présente à ces dames.

Hervé suivit l'excellent Delle qui le mena dans une salle, aménagée et meublée comme une pharmacie d'hôpital, où se tenaient cinq ou six femmes, vêtues à peu près comme des infirmières, quoiqu'elles appartinssent à toutes les aristocraties.

Il y avait là une marquise, deux comtesses,

deux dames de la haute finance et une actrice
très célèbre.

Ce fut un des plus beaux côtés du siège de
Paris que cette émulation de dévouement qui
enflamma l'élite féminine du grand monde et de
l'art.

Elle fit sensation parmi ces dames, l'entrée
de ce jeune sous-officier, blessé au visage, et,
ainsi que Delle l'avait prévu, ce fut à qui se chargerait de lui; mais,avant qu'il eût le temps de s'y
reconnaître, l'une d'elles s'avança et il faillit
suffoquer d'émotion et d'étonnement.

Cette sœur de charité intérimaire, c'était Mme de
Mazatlan, aussi surprise et aussi émue que
lui.

Le lieu ne se prêtait ni aux effusions ni aux
explications, et ils surent tous les deux se con-
tenir.

La marquise s'offrit tout naturellement, car
c'était son tour de recevoir un blessé, pour lequel il ne restait plus de lit disponible au palais
de l'Industrie et personne ne lui contesta le
droit de l'emmener.

Il y avait seulement une formalité à remplir.
L'administration des hôpitaux militaires prenait
les noms des soldats soignés à domicile et les
adresses des habitants qui les recevaient chez
eux, et c'était vite fait. Scaër apprit ainsi que la
marquise demeurait tout près de là, au rond-point

des Champs-Elysées, et qu'il allait être tenu de ne pas quitter, sans l'autorisation de l'aide-major qui viendrait l'y visiter, l'ambulance privée où on voulait bien l'admettre.

Delle n'avait jamais vu la marquise et Hervé ne jugea pas opportun de le présenter en ce moment. Il se réservait de le remercier encore en lui serrant la main. Il avait hâte d'être seul avec Mᵐᵉ de Mazatlan et Delle était pressé de retourner à la Grange-Ory, de sorte que les adieux furent courts.

L'interne monta en voiture et Scaër s'en alla à pied avec la marquise.

En d'autres temps, les passants se seraient retournés pour voir passer ce sergent tout ensanglanté, escortant une jeune femme, très jolie et très élégante, en dépit du modeste costume qu'elle portait.

Ils marchèrent quelques instants côte à côte sans se parler, et ce n'était certes pas qu'ils n'eussent rien à se dire. Au contraire, ils avaient tant de choses à se raconter qu'ils ne savaient par où commencer. Et aussi, chacun d'eux avait contre l'autre quelques griefs intimes qu'il hésitait à formuler.

Ce fut Mᵐᵉ de Mazatlan qui, la première, se décida à entamer le chapitre des explications délicates.

— Je suis bien heureuse de vous revoir, dit-elle ; je ne l'espérais plus. Vous n'avez pas répondu à mes lettres.

— Quoi ! vous m'avez écrit depuis le mois de juin ? s'écria Scaër.

— Trois fois ... à Trégunc.

— Je n'y étais plus... j'y ai attendu de vos nouvelles jusqu'à la date que vous m'aviez fixée... j'ai quitté Trégunc, le 15 juillet... Je ne pouvais pas vous prévenir que je partais... je ne savais pas où vous étiez.

— J'étais en Amérique... à Baltimore. La lettre que je vous ai écrite pour vous l'apprendre aurait dû vous arriver avant le 15 juillet.

— Je ne l'ai pas reçue... Je suis parti pour aller m'engager... sans dire à personne où j'allais.

— Et moi, retenue là-bas, où je me mourais d'inquiétude, j'ai pu enfin m'embarquer pour le Havre, au mois de septembre... Je suis entrée à Paris, la veille du jour où Paris a été bloqué par les Allemands.

— Moi aussi... avec mon régiment. . . et dès que j'ai pu obtenir une permission, j'ai été rue Guyot... Votre hôtel était fermé...

— Je ne voulais plus demeurer si près du boulevard Malesherbes ! Je me souvenais de ce qui s'est passé le mercredi des Cendres et j'ai loué aux Champs-Élysées un grand appartement meublé. J'ai bien fait, puisque j'ai pu y établir une ambulance... où je vais vous recevoir et où vous guérirez plus vite qu'au Val-de-Grâce.

— Je suis déjà guéri, depuis que je vous ai retrouvée.

La marquise ne répondit pas à cette allusion aux sentiments du dernier des Scaër, la première depuis leur miraculeuse rencontre après une longue séparation.

Il ne convenait pas à M\ᵐᵉ de Mazatlan d'exprimer les siens avant d'avoir échangé avec lui des récits qui allaient les mettre au courant de leurs aventures respectives.

Les cœurs changent quelquefois avec les événements, et elle voulait savoir d'abord sur quel terrain elle marchait.

Elle conduisit chez elle Hervé et elle l'installa dans la seule chambre qui restât libre. Les autres et le salon étaient occupées par une douzaine de blessés recueillis après les premiers combats du siège, soignés par deux sœurs de Saint-Vincent-de-Paul et visités tous les matins par un médecin militaire.

La marquise couchait sur un lit de camp dans le cabinet de toilette, et se passait parfaitement de femme de chambre.

Elle n'avait gardé que le fidèle Dominguez, qui veillait à tout et qui suffisait à tout, même à préparer les repas très sommaires de sa vaillante maîtresse.

Deux heures après son entrée à l'ambulance privilégiée du rond-point, Scaër, dûment pansé de sa blessure et complètement remis de ses fatigues, sinon de ses émotions, retrouvait la marquise dans la salle à manger où elle l'attendait pour le servir à table.

Elle pensait à tout et elle lui avait fait préparer un dîner dont il avait grand besoin après une si rude journée.

Un dîner, comme on en faisait encore au mois d'octobre dans Paris assiégé, quand on était très riche, et comme, un peu plus tard, on n'en fit plus à aucun prix.

Scaër, il faut l'avouer, mangea comme quatre, et ce ne fut qu'après avoir apaisé sa faim qu'il se trouva en état de s'expliquer avec Mme de Mazatlan qui prenait plaisir à le voir satisfaire ce glorieux appétit, rapporté du champ de bataille, avec une blessure assez légère pour lui permettre de jouer des mâchoires.

La balle n'avait fait qu'érafler la joue et ne devait laisser d'autre trace de son passage qu'une balafre bien placée : une de ces balafres qui ne défigurent pas et qui plaisent aux femmes.

Il fallut enfin en venir aux explications décisives et, cette fois encore, ce fut Mme de Mazatlan qui commença.

— Qu'avez-vous pensé de moi depuis notre sé-

paration ? demanda-t-elle en regardant fixement
Hervé.

— J'ai pensé, je l'avoue, que vous m'aviez oublié... Mais je vous jure que moi je n'ai pas cessé
un seul instant de penser à vous... J'attendais
toujours de vos nouvelles, et si la guerre avec la
Prusse n'était pas survenue, je n'aurais pas quitté
la Bretagne... la guerre et d'autres événements
que vous ignorez...

— Apprenez-les moi.

— Héva et sa mère sont vengées. Bernage est
mort avec son complice... sa fille a péri avec
eux.

— Quoi !... elle aussi ! murmura la marquise,
très émue. Et comment ?...

Scaër raconta tout : la lugubre découverte qu'il
avait faite au sommet de la tour de Rustéphan,
l'arrivée de Bernage au château et le naufrage
du yacht à la pointe de Trévic.

Mme de Mazatlan l'écouta sans l'interrompre,
et quand il eut fini, il vit qu'elle avait les larmes
aux yeux.

Assurément, elle ne s'attendrissait pas sur la
fin bien méritée des assassins. Elle pleurait la
malheureuse jeune fille qui n'était pas coupable
et qui avait partagé leur sort.

Scaër lui sut gré de la pleurer.

— J'aurais voulu qu'elle vécût, dit-elle, Dieu

on a décidé autrement. Écoutez maintenant ce que j'ai à vous apprendre.

Depuis notre dernière entrevue, après votre départ pour Trégunc, j'ai continué à chercher des preuves contre les assassins d'Héva. Je savais que la police cherchait de son côté et j'étais certaine qu'elle n'arriverait pas à les connaître. C'est mon brave Dominguez qui m'a indiqué ce qu'il fallait faire pour y parvenir. Il s'est souvenu d'un homme qui était venu jadis à la Havane avec Berry, le futur gendre de Bernage. Dominguez les y avait vus et savait qu'ils étaient intimement liés. Au bout de quatre mois, il a fini par découvrir que cet homme, un aventurier américain, nommé Disney, habitait Baltimore. Je n'ai pas hésité, je me suis embarqué pour l'Amérique avec Dominguez, et mon vieux serviteur a retrouvé, non sans peine, ce Disney qui se trouvait à peu près sans ressources et qui en voulait beaucoup à Berry de l'avoir abandonné, à la fin de l'hiver dernier, pour revenir en Europe.

Ces deux coquins n'avaient pas de secrets l'un pour l'autre ; Berry n'avait pas caché à Disney que le but de son voyage en France était de faire *chanter* son ancien complice Bernage, et Berry n'avait pas donné de ses nouvelles depuis son départ. Disney, habilement interrogé et largement payé par Dominguez, lui a raconté tout ce qui s'est passé, il y a dix ans, à Paris et en

Bretagne. Et ces renseignements, Disney les tenait de Berry qui les lui avait même laissés par écrit, en lui recommandant de les remettre à la justice des États-Unis, s'il ne recevait pas de ses nouvelles avant la fin de l'année 1870. Dominguez l'a lu, ce testament d'un bandit résolu à se venger, après sa mort, si Bernage refusait d'acheter son silence. L'écrit est resté entre les mains de Disney qui le produira quand je voudrai.

— Et cet écrit contient le récit des crimes de 1860 ! s'écria Scaër.

— Le récit complet, détaillé et signé de la main de Berry qui avait pris ses précautions pour assurer sa vengeance au cas où Bernage se déferait de lui. Dominguez, qui l'a lu, me l'a répété presque mot pour mot, et le voici :

En 1859, Georges Nesbitt était l'associé de Bernage dans de grosses affaires avec la Chine qui les avaient enrichis. Nesbitt surtout, parce qu'il avait apporté la plus grosse part du capital engagé. A cette époque, Nesbitt se décida, vous le savez, à faire venir près de lui sa nièce et sa belle-sœur. Elles étaient en route pour la France, lorsqu'il fut subitement appelé à Hong-Kong par la faillite d'un négociant chinois qu'il commanditait. Il s'agissait de sauver une grosse somme. Nesbitt partit, après avoir chargé Bernage de recevoir ses parentes à leur arrivée à Paris. Bernage conçut alors la pensée de les supprimer tous pour s'emparer de la fortune de Nesbitt, qui avait, par testament déposé chez un notaire, institué Héva sa légataire universelle. Bernage le savait. Il commença par envoyer à Brest ce Berry qui était un de ses commis et son âme damnée. Berry reçut mes malheureuses parentes et les installa dans le cottage où vous les avez vues. Bernage n'avait pas encore mûri son plan. Il se réservait de l'exécuter plus tard. Il n'y manqua pas. Georges Nesbitt, revenu au mois d'octobre, fut étranglé dans la maison de la rue de la Huchette par les deux scélérats qui, trois semaines après, en firent autant à Héva et à sa mère, en Bretagne. Bernage, alors, paya son complice et le décida à quitter la France, en lui faisant des promesses qu'il n'a pas tenues. Berry, après avoir dépensé tout l'argent qu'il avait reçu, s'est lassé de vivre d'expédients et s'est décidé à revenir exploiter Bernage. Vous devinez le reste.

— Je devine qu'il a commencé par le menacer et qu'ils n'ont pas tardé à tomber d'accord. Bernage l'a apaisé en lui sacrifiant sa fille. Mais je ne comprends pas encore comment Bernage a pu s'emparer de la fortune de Georges Nesbitt.

— Il paraît que cette fortune consistait en valeurs mobilières au porteur et que Bernage en était le dépositaire. Il n'a eu qu'à les garder,

puisque Nesbitt n'était plus là pour les lui réclamer.

Et je suppose qu'il les emportait avec lui sur
son yacht, car lorsqu'il s'est aperçu qu'on le soupçonnait, il s'est décidé à passer à l'étranger avec
son futur gendre. Dieu qui les a punis a voulu
que la mer engloutît avec eux les sommes volées.
Ma pauvre amie n'en aurait pas profité, puisqu'elle est morte.

— Mais elle a hérité, s'il est vrai qu'elle ait
été assassinée trois semaines après son oncle... la
fortune serait revenue à ses héritiers, à elle... à
sa mère, si sa mère lui avait survécu...

— Sa mère a été tuée avant elle... Berry l'a
dit à ce Disney en lui racontant les détails du
crime... Il a même eu soin de constater le fait
dans l'écrit qu'il a signé.

— Si on pouvait prouver cela, l'héritage passerait au parent le plus proche... à vous peut-
être...

— Je le crois... j'étais sa cousine germaine,
puisque nos mères étaient sœurs ; et sa famille
du côté paternel est éteinte, mais qu'importe ?...
ce n'est pas cette fortune que je regrette...

— Oh ! je le sais... mais je me demande pourquoi ces scélérats ont tant tardé à faire disparaître ia preuve de leurs crimes...

— Ils se croyaient assurés de l'impunité. Cet
hiver, ils ont su que je les cherchais, ces preuves,

et que vous les cherchiez aussi. C'est alors seulement qu'ils ont essayé de les anéantir... en mettant le feu à la maison où ils avaient caché le cadavre de leur première victime.

— Ils n'ont pas réussi à le brûler, mais ils ont réussi à l'enlever et à le jeter dans la Seine. A Rustéphan, le temps leur a manqué... les os d'Héva et de sa mère y sont encore...

— Nous pourrons donc après la guerre leur donner une sépulture chrétienne, mais vous ne m'avez pas parlé de cette femme qui se faisait appeler Mᵐᵉ de Cornuel... elle n'était pas sur le yacht ?

— Non. Bernage l'avait laissée à Paris. Un obus prussien vient de la tuer... sous mes yeux... dans une maison que mes soldats avaient prise... à Bagneux... C'est elle qui m'a blessé d'un coup de pistolet qu'elle m'a tiré à bout portant.

— Que faisait-elle là, bon Dieu !

— Elle veillait sur un objet que Bernage y avait caché et que j'ai trouvé.

— Un... objet ?

— Oui... je ne sais comment appeler cet étui, dit Scaër en le tirant de sa ceinture et en le plaçant sur la table devant la marquise. Que pensez-vous qu'il contient ?

Elle ne répondit pas et elle se garda d'y toucher. Elle en avait peur.

A ce moment, Dominguez entra. Scaër, qui

l'avait déjà vu en arrivant, le lui remit en le priant de le briser, et un instant après, Dominguez, qui s'était servi d'une hache, le rapporta fendu d'un bout à l'autre, comme une boite à sardines dont on a soulevé le couvercle avec un couteau.

Le vieil intendant venait annoncer à Mme de Mazatlan que l'aide-major de service commençait sa visite aux blessés établis dans le salon.

— J'y vais, dit la marquise en le congédiant d'un geste.

Et dès qu'il fut sorti, Scaër tira de l'étui un rouleau de papiers jaunis par le temps.

Il y avait trois titres de rente trois pour cent, de trente mille francs chacun, au nom de mademoiselle Héva Nesbitt.

— Ah ! s'écria-t-il, je comprends que Bernage ne les ait pas pris... il n'aurait pas pu s'en servir, puisqu'ils n'étaient pas au porteur. Mais je ne comprends pas qu'il ne les ait pas détruits. Qui sait par quelle combinaison frauduleuse il espérait se les approprier plus tard... quand la prescription de dix ans aurait mis l'assassin d'Héva à l'abri des poursuites criminelles. Il était très capable de fabriquer un faux acte de décès et un faux testament datés d'une année où Héva Nesbitt eût été majeure. Elle était citoyenne des États-Unis, régie par la loi américaine, et peut être que, là-bas, on n'y regarde pas de très près... Mais qu'importe tout cela ? Vous êtes la seule héritière d'Héva. Nous prouverons qu'elle est morte, et que son oncle et ₍sa mère sont morts avant elle. Ces titres sont à vous.

— Je n'en veux pas, dit vivement la marquise.

— Il faut pourtant que vous les preniez, car je ne puis pas les garder, répliqua Scaër.

Et il ajouta en souriant à demi :

— Vous emploierez cette fortune à fonder un hôpital. N'était-ce pas votre intention quand vous êtes arrivée à Paris ?

— Oui... et je n'ai pas renoncé à réaliser ce projet. J'y consacrerai tout ce que je possède et je me retirerai dans un couvent.

— Vous ?... au couvent ! s'écria douloureuse-ment Hervé.

— J'y suis résolue. Dieu a puni les assassins d'Héva et je suis seule au monde. Ma vie est finie.

— Seule au monde !... ne savez-vous donc pas que je vous aime ?

— Vous ne me l'avez jamais dit, murmura la marquise.

— Mais, je vous le dis enfin.., je ne sais ce qu'il adviendra de moi... et je ne veux pas mourir sans vous avoir avoué mon amour.

— Une déclaration à l'ambulance !...

— C'est ridicule, je le sais, et vous avez le droit de vous moquer de moi.

— Je n'ai garde... mais le jour n'est pas venu de me parler de votre amour. Tant que durera cette horrible guerre, j'appartiendrai à mes blessés et vous, mon ami, vous vous devrez tout entier à votre pays envahi. Quelle valeur auraient les serments que nous échangerions, alors que vous pouvez être tué demain ?

— Mais... après la guerre ? interrompit Hervé, haletant d'émotion.

— Je m'en remets à Dieu qui tient notre sort entre ses mains. Allez vous battre !... Si vous mourez pour la France, je me consacrerai à lui.

— Et si je ne meurs pas ?

— Je serai votre femme. Dieu l'aura voulu.

ÉPILOGUE

Dieu voulut.

Promptement guéri de sa blessure, Hervé prit part à tous les combats jusqu'à la fin du siège. Il en revint sain et sauf, et depuis dix-sept ans la marquise de Mazatlan est devenue la baronne de Scaër.

Ils se sont mariés après la Commune ; ils ont eu trois fils et ils sont parfaitement heureux — comme les époux à la fin des contes de fées.

C'est justice, car leur histoire est bien un conte

de fées. Ils ont eu bien des peines, mais il ne manque à leur bonheur que la joie d'avoir près d'eux Alain Kernoul.

Le pauvre gars aux biques est mort le lendemain de l'affaire de Bagneux, où il s'était conduit en héros. Il est mort dans les bras de son maître, qui lui a tenu parole en fondant une messe à perpétuité dans l'église de Trégunc pour le repos de l'âme de Zina.

La marquise a hérité de sa cousine, après un voyage en Amérique qu'elle a dû entreprendre pour faire reconnaître ses droits. Toutes les questions de survie ont été jugées en sa faveur, grâce au témoignage de ce Disney qui a produit au tribunal la confession écrite de l'abominable Berry.

Il a été établi que la malheureuse Héva avait survécu à son oncle d'abord et ensuite à sa mère assassinée comme elle, et un instant avant elle, dans les ruines de Rustéphan.

De cette fortune inattendue, Mme de Scaër a fait un noble usage. Elle n'a pas fondé un hôpital à Paris, où il y en a déjà bien assez, mais elle en a fait bâtir deux dans le pays de Cornouailles, sans compter un asile pour les veuves de marins et pour les orphelins.

Autour de Trégunc, il n'y a plus de pauvres.

Elle habite avec son mari le château qu'ils ont fait restaurer. Ils n'y donnent pas de fêtes à leurs voisins et on n'y court pas des rallye-paper, comme l'avait rêvé jadis la malheureuse Solange.

Ils n'y font que du bien et cela suffit à remplir leur existence. Leurs enfants grandissent et prospèrent. Les terres, dégagées d'hypothèques et cultivées avec intelligence, produisent le double de ce qu'elles rapportaient au temps où Hervé les hérita de son père.

Il avait mis dix ans à se ruiner; il n'en a pas mis davantage à se refaire et il laissera à ses fils une grande situation.

Delle, qui est devenu un médecin de premier ordre, un prince de la science, comme on dit maintenant, Delle, l'ancien interne de l'Hôtel-Dieu, lâche quelquefois sa clientèle pour s'en aller passer vingt-quatre heures chez les châtelains de Trégunc, qui lui font fête, on le croira sans peine.

Il leur apporte des nouvelles de Paris, où ils ne vont guère, et ils aiment à parler ensemble du passé.

A son dernier voyage, il leur a appris ce que c'était que la prétendue veuve d'un colonel de dragons, l'odieuse Cornuel que le brave Kernoul regrettait de n'avoir pas tuée de sa main.

Cette créature, après avoir fait toutes sortes de métiers inavouables, avait été autrefois la maîtresse de Bernage, du vivant de sa femme qui en était morte de chagrin.

Elle avait trempé dans tous les crimes de ce misérable et l'obus allemand qui l'a envoyée en enfer a écrasé une vipère.

Delle les a renseignés aussi sur Pibrac, qui vient de faire une fin qu'on aurait pu prédire sans être sorcier.

Après avoir dissipé son bien jusqu'au dernier sou, pendant que sa digne compagne, Margot, s'enrichissait en courant d'autres aventures, il s'est estimé très heureux de l'épouser, pour avoir, comme il le dit cyniquement, ses repas réglés, et elle ne lui fait pas la vie douce.

Chacun, en ce monde et dans l'autre, récolte ce qu'il a semé.

Delle, après la guerre, n'a pas peu contribué à éclairer la justice française sur le double meurtre de Rustéphan. Les squelettes étaient restés dans le trou où il les avait laissés, et quand on les a retrouvés, il a démontré scientifiquement que c'étaient bien ceux de deux femmes, une très jeune et l'autre d'un âge mûr. On a pu, grâce à lui et en interrogeant les vieux paysans de la contrée, reconstituer la scène de l'assassinat. On a fait appel à leurs souvenirs et la mémoire leur est revenue. Des Bretons qui s'étaient tus après la disparition des étrangères, en 1860, se sont rappelé au bout de dix ans qu'ils avaient entendu crier pendant une nuit d'octobre.

Les coupables ont échappé au châtiment légal,

mais il n'est plus resté de doutes dans l'esprit des magistrats qui ont dirigé la nouvelle en-quête.

Et les os des deux victimes reposent en terre sainte, dans le cimetière de Trégunc, à côté du tombeau des Scaër.

Hervé et sa femme y vont souvent prier, et il leur arrive aussi d'aller, comme en pèlerinage, à ce dolmen de Trévic où ils se sont rencontrés, pour la première fois, sans se connaître.

Ils viennent s'asseoir à l'ombre des pierres colossales, les yeux tournés vers la mer venge-resse qui a englouti les assassins d'Héva et, la main dans la main, ils évoquent le passé : leurs douleurs et leurs joies ; et quand il leur arrive de parler de la scène du bal de l'Opéra, Hervé s'amuse à appeler sa chère femme par le surnom que Pibrac lui avait donné à cause du domino qu'elle portait.

Il l'appelle : *Double-Blanc* et elle ne s'en fâche pas, car elle sait bien que leur bonheur à tous deux n'a tenu qu'à un incident de cette nuit du samedi gras.

Si elle n'avait pas eu le courage d'entrer dans la loge où s'agitaient Pibrac et sa bande tapageuse, elle n'aurait jamais épousé Hervé de Scaër.

Tout chemin mène au mariage.

FIN

Début d'une série de documents
en couleur

LIBRAIRIE PLON

10, RUE GARANCIÈRE, PARIS.

BULLETIN BIBLIOGRAPHIQUE

Extrait du Catalogue général

OUVRAGES ET MÉMOIRES

SUR

LA RÉVOLUTION FRANÇAISE

AUGEARD. — **Mémoires secrets de J. M. Augeard,** secrétaire des commandements de la reine Marie-Antoinette (1760-1800). Documents inédits sur les événements accomplis en France pendant les dernières années du règne de Louis XV, le règne de Louis XVI et la Révolution, jusqu'au 18 brumaire, précédés d'une Introduction par M. Évariste Bavoux. Un volume in-8° cavalier. Prix. . . . . 6 fr.

BEAUCHESNE (A. de). — **Louis XVII, sa vie, son agonie, sa mort.** — **Captivité de la Famille royale au Temple.** Ouvrage enrichi de nombreux autographes du Roi, de la Reine, du Dauphin, de la Dauphine et de Madame Élisabeth, de dessins sur bois intercalés dans le texte, orné des portraits en taille-douce de Louis XVI, Marie-Antoinette, Louis XVII, Marie-Thérèse-Charlotte, Madame Élisabeth, la princesse de Lamballe, gravés sous la direction de M. Henriquel-Dupont, et précédé d'une *Lettre de Mgr Dupanloup, évêque d'Orléans.* 3° édition. Deux magnifiques volumes grand in-8° jésus. Prix. . . 30 fr.

— *Le même ouvrage.* 6° édition, deux volumes in-8° cavalier. Prix. 16 fr.

— *Le même ouvrage.* 14° édition, deux volumes in-18. Prix. . . . 10 fr.

(*Couronné par l'Académie française.*)

— **Galerie de portraits** *pour servir à l'histoire de Louis XVII.* Magnifique album comprenant les portraits de Louis XVI, — Marie-Antoinette, — Louis XVII, — Marie-Thérèse-Charlotte, — Madame Élisabeth, — la princesse de Lamballe, gravés sous la direction de M. Henriquel-Dupont. Grand in-folio tiré à 100 exemplaires *numérotés,* sur chine et avant la lettre. Il ne reste que quelques exemplaires. 80 fr.

— **La Vie de Madame Élisabeth,** sœur de Louis XVI. 2° édition. Deux volumes in-18, enrichis de deux portraits de Madame Élisabeth, représentant cette princesse, le premier avant la Révolution, le second . . . . 10 fr.

CADOUDAL (G. de). — **Georges Cadoudal et la Chouan-nerie,** par son neveu Georges DE CADOUDAL, ancien conseiller général du Morbihan, ancien rédacteur de l'*Union.* Un volume in-8°, orné d'un portrait et d'une carte. Prix. . . . . 8 fr.

CAMPARDON — **Marie-Antoinette et le Procès du Collier,** d'après la procédure instruite devant le Parlement de Paris. Ouvrage orné de la gravure en taille-douce du Collier, et enrichi de divers auto-graphes inédits du Roi, de la Reine, du comte et de la comtesse de Lamotte. Un volume grand in-8°. Prix. . . . . 8 fr.

— **Le Tribunal révolutionnaire de Paris,** Ouvrage composé d'après les documents originaux conservés aux Archives nationales, suivi de la Liste complète des personnes qui ont comparu devant le tribunal, et enrichi d'une gravure et de fac-simile. Deux forts volumes in-8° cavalier. Prix. . . . . 16 fr.

CHEVERNY (J. N. DUFORT, comte de). — **Mémoires sur les règnes de Louis XV et Louis XVI, et sur la Révo-lution,** par J. N. DUFORT, comte DE CHEVERNY, introducteur des am-bassadeurs, lieutenant général du Blaisois (1731-1802), publiés avec une introduction et des notes par Robert DE CRÈVECŒUR. Deux volumes in-8° carré, enrichis de deux portraits. Prix . . . . 16 fr.

CLARETIE. — **Camille Desmoulins, Lucile Desmoulins,** Étude sur les Dantonistes, d'après des Documents nouveaux et inédits. Un volume in-8°, enrichi d'un portrait de Camille Desmoulins, gravé à l'eau-forte par Rajon, d'un dessin du maréchal Brune représentant Lucile Desmoulins et de fac-simile d'autographes. Prix. . . . . 8 fr.
Il a été tiré quelques exemplaires sur papier de Hollande. Prix. . 16 fr.

COSTA DE BEAUREGARD (Mis). — **Un homme d'autrefois.** Souvenirs recueillis par son arrière-petit-fils. Un volume in-18. 5° édition. Prix. . . . . 4 fr.
(Couronné par l'Académie française, prix Montyon.)

DAUBAN. — **La Démagogie en 1793, à Paris,** ou histoire jour par jour de l'année 1793, accompagnée de documents contempo-rains rares ou inédits, recueillis, mis en ordre et commentés par C. A. DAUBAN. Ouvrage enrichi de seize gravures de Valton et autres artistes, d'après des dessins inédits et des gravures du temps. Un fort volume in-8° cavalier. Prix. . . . . 8 fr.

— **Paris en 1794 et en 1795.** Histoire de la rue, du club, de la famine, composée d'après des documents inédits, particulièrement les rapports de police et les registres du Comité de salut public, avec une Introduction. Ouvrage enrichi de neuf gravures du temps et d'un fac-simile. Un volume in-8° cavalier vélin glacé. Prix. . . . . . . 8 fr.

— **Les Prisons de Paris sous la Révolution,** d'après les relations des contemporains, avec des Notes et une Introduction. Ouvrage enrichi de onze gravures, vues intérieures et extérieures des prisons du temps. Un volume in-8° cavalier. Prix. . . . . 8 fr.

— **Mémoires inédits de Pétion et Mémoires de Buzot et de Barbaroux,** accompagnés des notes inédites de Buzot et de nom-

breux documents inédits sur Barbaroux, Buzot, Brissot, etc., précédés
d'une Introduction, avec le fac-simile d'un autographe de Barbaroux et
les portraits de Pétion, Buzot, Brissot et Barbaroux, gravés par Adrien
Nargeot. Un volume in-8°. Prix. . . . . 8 fr.

— **Lettres en grande partie inédites de Madame Roland
(Mlle Philpon) aux Demoiselles Cannet,** suivies des Lettres de
Madame Roland à Bosc, Servan, Lanthenas, Robespierre, etc., et de documents inédits; avec une Introduction et des Notes. Deux volumes in-8°,
ornés d'un portrait de Madame Roland photographié d'après le tableau
de Heinsius, d'une gravure et d'un plan. Prix. . . . . 16 fr.

DURAS (duchesse de). — **Journal des prisons de mon
père, de ma mère et des miennes.** Un volume in-8°, avec
portrait en héliogravure. Prix. . . . . 7 fr. 50

ÉCHEROLLES (Alexandrine des). — **Une Famille noble
sous la Terreur.** Un volume in-8°. Prix. . . . . 7 fr. 50
— *Le même ouvrage.* 2° édition. Un volume in-18 jésus. Prix. . . 4 fr.

FARÉ. — **Un Fonctionnaire d'autrefois.** *P. F. Lafaurie,* 1786-
1876. Un volume in-8° cavalier. Prix. . . . . 6 fr.

FEUILLET DE CONCHES. — **Louis XVI, Marie-Antoinette
et Madame Élisabeth.** Lettres et documents inédits publiés par
F. FEUILLET DE CONCHES. Six volumes grand in-8°, ornés de portraits et
d'autographes. Prix. . . . . 48 fr.
Quelques exemplaires sur papier teinté extra. Prix. . . . . . . 80 fr.

— **Correspondance de Madame Élisabeth de France,**
sœur de Louis XVI, publiée par F. FEUILLET DE CONCHES, sur les originaux
autographes, et *précédée d'une lettre de Mgr Darboy, archevêque de Paris.*
Un volume in-8° cavalier, enrichi d'un portrait de Madame Élisabeth gravé
par Morse sous la direction d'Henriquel-Dupont, et de fac-simile d'autographes. Prix. . . . . 8 fr.
Quelques exemplaires sur papier de Hollande. Prix. . . . . . . 16 fr.

FORNERON (H). **Histoire générale des Émigrés,** pendant
la Révolution française, par H. FORNERON. Deux volumes in-8° carré.
Prix. . . . . 15 fr.
— *Le même ouvrage,* 3° édition, 2 volumes in-16. Prix. . . . . . . 8 fr.

GRANIER DE CASSAGNAC. — **Histoire des causes de la
Révolution française.** 2° édition. Quatre volumes in-8°. Prix. 24 fr.

GUILHERMY (de). — **Papiers d'un émigré (1789-1829).** Lettres et notes extraites du portefeuille du baron de Guilhermy, député
aux états généraux, conseiller du comte de Provence, attaché à la légation
du Roi à Londres, etc., mises en ordre par le colonel DE GUILHERMY. Un
volume in-8°. Prix. . . . . 7 fr. 50

HUE. — **Dernières Années du règne et de la vie de
Louis XVI,** par François Hue, l'un des officiers de la chambre du
Roi, appelé par ce prince, après la journée du 10 août, à l'honneur de

rester auprès de lui et de la famille royale. Troisième édition, revue sur les papiers laissés à l'auteur, précédée d'une notice sur M. HUE, par M. René DU MESNIL DE MARICOURT, *son petit-gendre*, et d'un Avant-propos par M. Henri DE L'ÉPINOIS. Un volume in-8°. Prix. . . . . 6 fr.

HYDE DE NEUVILLE. — Mémoires et Souvenirs du baron Hyde de Neuville. *La Révolution. — Le Consulat. — L'Empire.* Un volume in-8°. Prix. . . . . 7 fr. 50

LANZAC DE LABORIE (L. de). — *Un royaliste libéral en 1789.* **Jean-Joseph Mounier,** sa vie politique et ses écrits, par L. DE LANZAC DE LABORIE, avocat à la Cour d'appel. Un vol. in-8°. Prix. . . 8 fr.
(*Couronné par l'Académie française, prix Thérouanne.*)

LEBON (André). — L'Angleterre et l'émigration française de 1794 à 1801, par André LEBON, ancien élève de l'École libre des sciences politiques, avec une Préface de M. Albert SOREL. Un volume in-8° carré. Prix. . . . . 7 fr. 50

LESCURE (de). — La Vraie Marie-Antoinette, étude historique, politique et morale, suivie d'un recueil de lettres de la Reine, dont plusieurs inédites, et de divers documents. 3° édition, augmentée d'une Préface de l'auteur. Un volume in-8°. Prix. . . . . 5 fr.

— **Correspondance secrète inédite sur Louis XVI, Marie-Antoinette, la Cour et la ville** (de 1777 à 1792), publiée par M. DE LESCURE, sur le manuscrit de la Bibliothèque impériale de Saint-Pétersbourg. Deux forts volumes grand in-8°. Prix . . 16 fr.

— **Rivarol et la société française** pendant la Révolution et l'Émigration (1753-1801). Études et portraits historiques et littéraires d'après des documents inédits. Un vol. in-8° cavalier. Prix. . . . . . . 8 fr.
(*Couronné par l'Académie française, prix Guizot.*)

MALOUET (B°°). — Mémoires de Malouet, publiés par son petit-fils le baron MALOUET. 2° édition, augmentée de lettres inédites. Deux volumes in-8° cavalier, avec portrait. Prix. . . . . 16 fr.

MARTEL (C° de). — Types révolutionnaires. Étude sur Fouché, par le comte DE MARTEL, ancien préfet. PREMIÈRE PARTIE : *Le Communisme dans la pratique en 1793.* Un vol. petit in-8°. . . . . 5 fr.
DEUXIÈME PARTIE : *Fouché et Robespierre.* Un vol. petit in-8°. . . 5 fr.

MASSON (F.). — Le Département des affaires étrangères pendant la Révolution (1789-1804), par Frédéric MASSON, bibliothécaire du ministère des affaires étrangères. Un volume in-8°. . 10 fr.

— **Le Cardinal de Bernis depuis son ministère** (1758-1794). — *La Suppression des Jésuites. — Le Schisme constitutionnel.* Un vol. in-8° cavalier. Prix . . . . 9 fr.

METTERNICH (prince de). — Mémoires, documents et écrits divers, laissés par le prince de Metternich, chancelier de cour et d'État, publiés par son fils, le prince Richard DE METTERNICH, classés et réunis par M. A. DE KLINKOWSTROEM.
PREMIÈRE PARTIE : *Depuis la naissance de Metternich jusqu'au Congrès de Vienne*

(1773 à 1815). (Tomes I, II.) 3ᵉ édition. Deux beaux volumes in-8°
cavalier, avec portrait et fac-simile d'autographes. Prix. . . . 18 fr.

DEUXIÈME PARTIE : *L'Ère de paix* (1816 à 1848).

(Tomes III et IV.) 2ᵉ édition. Deux beaux vol. in-8° cavalier . . 18 fr.

(Tome V.) *La Révolution de Juillet et ses conséquences immédiates.* Un
beau volume in-8° cavalier. Prix. . . . . 9 fr.

Tomes VI et VII.) *Période du règne de l'empereur Ferdinand.* Deux
beaux volumes in-8° cavalier. Prix. . . . . 18 fr.

TROISIÈME PARTIE : *La Période de repos.* (1848-1859).

(Tome VIII.) Un volume in-8° cavalier. Prix. . . . . . . 9 fr.

Il a été tiré :

60 *exemplaires numérotés sur papier de Hollande.* Prix. . . 160 fr.

20 *exemplaires numérotés sur papier Whatman.* Prix. . . . 320 fr.

**MICHEL (André). — Correspondance inédite de Mallet
du Pan avec l'empereur d'Autriche** (1794-1798), publiée
d'après les manuscrits conservés aux Archives de Vienne, avec une
préface de M. TAINE, de l'Académie française. Deux volumes in-8° cavalier. Prix. . . . . 16 fr.

MONITEUR (Réimpression illustrée de l'Ancien). Seule histoire authentique et inaltérée de la Révolution française. Cette édition forme
32 vol. gr. in-8°, ornés de 626 grandes gravures hors texte, imitations des
illustrations du temps et puisées dans les dépôts publics et dans les précieuses collections de MM. Hennin et Laterrade. — Les 32 vol.-br.   250 fr.

Reliés. Prix. . . . . 300 fr.

**MONTAGU (marquise de). — Anne-Paule-Dominique de
Noailles, marquise de Montagu.** Nouvelle édition. Un volume
in-8°, avec portrait en héliogravure. Prix. . . . . 7 fr. 50

**PUYMAIGRE (Cᵗᵉ Alexandre de). — Souvenirs sur l'Émi-
gration, l'Empire et la Restauration,** publiés par le fils de
l'auteur. Un volume in-8° carré. Prix. . . . . 7 fr. 50

**ROCQUAIN (Félix). — L'Esprit révolutionnaire avant la
Révolution ;** les livres condamnés (1715-1789) d'après les arrêts et les
réquisitoires conservés aux Archives nationales. Un volume in-8°. 8 fr.

(*Couronné par l'Académie française, prix Thérouanne.*)

RICARD. — L'abbé Maury (1746-1791). *L'abbé Maury avant 1789 ;
l'abbé Maury et Mirabeau.* Un volume in-18. Prix. . . . . . 3 fr. 50

**SICOTIÈRE (L. de La). — Louis de Frotté et les Insur-
rections normandes** (1793-1832), par L. DE LA SICOTIÈRE, sénateur
de l'Orne. 3 volumes in-8° avec portraits et carte. Prix. . . . . 20 fr.

SOREL. — Essais d'histoire et de critique. Metternich,
Talleyrand, Mirabeau, Elisabeth et Catherine II, l'Angleterre et l'émigration française, la diplomatie de Louis XV, les colonies prussiennes,
l'alliance russe et la Restauration, la politique française en 1866 et 1867,
la diplomatie et le progrès. Un volume in-18. Prix. . . . . . 3 fr. 50

SOREL (A.). — **L'Europe et la Révolution française.** Première
partie : *Les mœurs politiques et les traditions.* 2ᵉ édit. Un vol. in-8ᵒ. 8 fr.
Deuxième partie : *La Chute de la royauté.* 2ᵉ édit. Un vol. in-8ᵒ . . . 8 fr.
(Couronné deux fois par l'Académie française, grand prix Gobert.)

STOFFLET (E.). — **Stofflet et la Vendée.** Un volume in-18 jésus,
enrichi d'une grande carte spéciale. Prix. . . . . 4 fr.

SYLVANECTE. — **Profils vendéens,** par Sylvanecte (G. Graux).
Préface de J. Simon, de l'Académie française. 1 vol. in-18. 3 fr. 50

TALLEYRAND. — **La mission de Talleyrand à Londres
en 1792.** Correspondance inédite de Talleyrand avec le Département
des affaires étrangères, le général Biron, etc. — Ses Lettres d'Amérique à
lord Lansdowne. Introduction et notes par G. Pallain. 1 vol. in-8ᵒ enrichi
d'un portrait de Talleyrand, d'après une miniature d'Isabey. . . . 8 fr.

   Il a été tiré :
50 exemplaires *numérotés* sur papier de Hollande. Prix. . . . . 20 fr.
15 exemplaires *numérotés* sur papier Whatman. Prix. . . . . . 40 fr.

THUREAU-DANGIN. — **Royalistes et Républicains.** Essais
historiques sur des questions de politique contemporaine. 2ᵉ édition.
Un volume in-18. Prix. . . . . 4 fr.

TOURZEL (duchesse de). — **Mémoires de Mᵐᵉ la duchesse
de Tourzel,** gouvernante des Enfants de France pendant les années
1789, 1790, 1791, 1792, 1793, 1795, publiés par le duc Des Cars.
Ouvrage enrichi du dernier portrait de la Reine. 2ᵉ édit. 2 vol. in-8ᵒ. 15 fr.

VATEL (C.). — **Charlotte de Corday et les Girondins,** par
M. Charles Vatel. Trois vol. in-8ᵒ, treize portraits. Prix. . . . 24 fr.

VAUDREUIL. — **Correspondance intime du comte de
Vaudreuil et du comte d'Artois pendant l'émigration**
(1789-1815), publiée avec Introduction, notes et appendices par M. Léonce
Pingaud. Ouvrage accompagné de quatre portraits en héliogravure. 2 vol.
in-8ᵒ. Prix. . . . . 15 fr.

VILLENEUVE (marquis de). — **Charles X et Louis XIX en
exil.** Mémoires inédits du marquis de Villeneuve, publiés par son arrière-
petit-fils. Un volume in-8ᵒ. Prix. . . . . 7 fr. 50

VYRÉ (F. de). — **Marie-Antoinette, sa vie et sa mort**
(1755-1793), par F. de Vyré. 1 volume in-8ᵒ. Prix. . . . . 7 fr. 50

WELSCHINGER (H.). — **Le duc d'Enghien.** 1772-1804. Un
volume in-8ᵒ. Prix. . . . . 8 fr.

Vient de paraître :

ROCHECHOUART (Comte de). — **Souvenirs sur la Révolution, l'Empire et la Restauration,** par le général comte
de Rochechouart, aide de camp du duc de Richelieu, aide de camp
de l'empereur Alexandre Iᵉʳ, commandant la place de Paris sous
Louis XVIII. Mémoires inédits publiés par son fils. Un volume in-8ᵒ
orné de deux portraits. Prix. . . . . 7 fr. 50

HISTOIRE
DE FRANCE

DEPUIS SES ORIGINES JUSQU'A NOS JOURS

PAR

M. C. DARESTE

RECTEUR DE L'ACADÉMIE DE LYON, CORRESPONDANT DE L'INSTITUT

Ouvrage couronné deux fois par l'Académie française
GRAND PRIX GOBERT

Troisième Édition

L'ouvrage comprend neuf forts volumes in-8°.
Prix : 80 francs

DERNIÈRES PUBLICATIONS HISTORIQUES

BROGLIE (P^{ce} de). — **Mabillon et la société de Saint-Germain des Prés** à la fin du dix-septième siècle (1664-1797). Deux volumes in-8°. Prix. . . . . 15 fr.

COSTA DE BEAUREGARD (Mis). — *Prologue d'un règne* **La jeunesse du roi Charles-Albert.** Un volume in-8° elsevirien avec portraits. Prix. . . . . 7 fr. 50

CZARTORYSKI. — **Mémoires du prince Adam Czartoryski et Correspondance avec l'empereur Alexandre Ier.** Préface de M. Ch. DE MAZADE, de l'Académie française. Deux volumes in-8°. Prix. . . . . 15 fr.

JANSSEN (J.) — *L'Allemagne et la Réforme* : **I. L'Allemagne à la fin du moyen âge.** Traduit de l'allemand sur la 14° édition, avec une préface de M. G. A. HEINRICH, doyen honoraire de la Faculté des lettres de Lyon. Un volume in-8°. Prix. . . . . 8 fr.

— *L'Allemagne et la Réforme* : **II. L'Allemagne depuis le commencement de la guerre politique et religieuse jusqu'à la fin de la Révolution sociale (1525).** Traduit de l'allemand sur la 14° édition par E. PARIS. Un volume in-8°. Prix. . . . . . 8 fr.

MAZADE (de). — **Un Chancelier d'ancien régime.** *Le règne diplomatique de M. de Metternich,* par Ch. DE MAZADE, de l'Académie française. Un volume in-8°. Prix. . . . . 7 fr. 50

ROUSSET (Camille). — *Les commencements d'une Conquête.* **L'Algérie de 1830 à 1840,** par Camille ROUSSET, de l'Académie française. Deux volumes in-8°, avec atlas spécial. Prix. . . . . . . 20 fr.

— **La Conquête de l'Algérie (1841-1857).** Deux volumes in-8°, avec atlas spécial. . . . . 20 fr.

— **La Conquête d'Alger.** Un volume in-18 jésus. Prix. . . . 4 fr.

THUREAU-DANGIN (Paul). — **Histoire de la Monarchie de Juillet.** 2° édition. Cinq volumes in-8°. Prix de chaque vol. 8 fr.

    (Couronné deux fois par l'Académie française, grand prix Gobert.)

VANDAL (Albert). — **Une ambassade française en Orient sous Louis XV.** *La mission du marquis de Villeneuve (1728-1741).* Un volume in-8°. Prix. . . . . 8 fr.

VOGÜÉ (Marquis de). — **Villars,** d'après sa correspondance et des documents inédits. Deux volumes in-8°, accompagnés de portraits, gravures et cartes. Prix. . . . . 10 fr.

WELSCHINGER (H.). — **Le Divorce de Napoléon,** par Henri WELSCHINGER. Un volume in-18. Prix. . . . . 3 fr. 50

PARIS, TYPOGRAPHIE DE E. PLON, NOURRIT ET Cie, 8, RUE GARANCIÈRE.

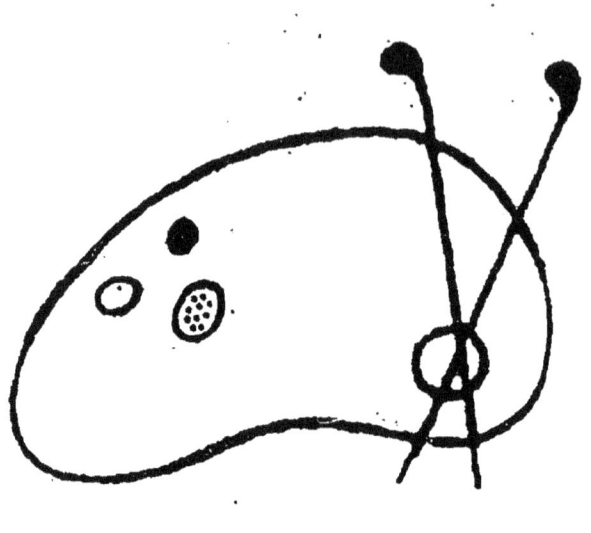

Fin d'une série de documents
en couleur